倚飛知還

– 초심의 고향으로 –

마하 선주선 지음

이화문화출판사

序

　　歲在戊子(2008)季秋之末　　出刊第五次詩集五旬臨池不識一字
再復一朞之間　期月纔有十首　而其稿　亦投諸箱裡矣．非但如此
自庚寅仲夏　以至於壬辰孟夏　凡三載烟月　事冗心紛　茫然輟之
嚮也緣由且置　若將復不屬文綴詩然也．

　　向後方知此非書家本然之態　　至於壬辰(2012)七月　再灌枯腸
搜索之餘　翌年癸巳之秋　撫其數年放置之稿　命曰偶然三霜　而付
上梓　此爲第六次詩集也．

　　今次　去壬辰夏所着手者　一一推敲　取於歸去來辭鳥倦飛而知
還句　命之曰　倦飛知還　是乃其蹉跎三年　煩冗所纏　心身困弊　有
所倦意　始知昨非　而所以還其初心之義也．

　　噫　其夫三年之間　非特輟之詩文　乃至臨池偶得之樂　亦忽輕甚
矣　是以　癸巳周甲當年　值紀念展　而手鈍思遏　力不從心　困甚無
已　呆坐長嘆也已　旣驗此況　復且年華虛度　又在罅隙　雖百千之
口　其爲人所笑　無得自嘲也．

　　古昔　吾書聖金生　八十平生　猶操筆不休　終以入神　而今日延
壽百歲云云之際　進甲猶以爲少焉　而或作或輟　無守誠一　其上乘
境　焉敢追之哉

　　詩云　徹彼桑土　綢繆牖戶　此言本分盡誠　則何患之有　而我枉
玩歲愒日爲事　宣聖所云　可以人而不如鳥乎云爾　卽我之謂也

　　蓋詩文之於臨池也　恰如針線比翼連理　決不可離也　自此而後
日將兩者益親　於斯終爲不違也已

　　　　　　　　　2015年　乙未花春　于靑霞山房　寶城　宣柱善　記

서

2008년 무자 9월말 제 5차 시집 『오순임지 불식일자』를 출간하고 다시 또 1년간 한 달에 10수로 겨우 이어는 갔지만 그때의 초고를 상자에 던져두었었다. 뿐만 아니라 경인 한여름으로부터 임진 초여름에 이르기까지 무릇 삼년 세월, 온갖 잡된 일과 어지러운 심사로 망연히 그만두었다. 지난날의 연유야 놓아두더라도 앞으론 다시는 글을 엮거나 시를 읊지 않을 것 같았다.

어언 간에 바야흐로 이것이 서가 본연의 자세가 아님을 느꼈고 2012년 임진 7월에 다시 시 짓기를 시작하여 골몰하는 여가에 이듬해 계사 가을 그 수년간 버려두었던 초고를 어루만져 『우연삼상』이라고 명하고 인쇄에 부쳤는데 이것이 여섯 번째의 것이다.

이번에 임진년 여름에 착수했던 것을 일일이 퇴고하여 귀거래사의 새는 나는 것 곤하여 돌아갈 줄 아는구나(鳥倦飛而知還)라는 말에서 취하여 『권비지환』이라 이름 하였다. 이는 곧 삼년 허송하는 동안 번거로운 일에 얽혀 심신이 지쳐서 권의가 있었는데 비로소 지난날의 잘못을 깨달아 그 초심으로 돌아간다는 뜻이다.

아! 그 3년간 비단 시문만 그만둔 것이 아니라 글씨에서 우연히 터득하는 즐거움마저도 등한한 지 오래였다. 때문에 계사년 주갑당년에 기념전을 맞았을 때 손은 무디고 생각도 막히어 힘이 부쳐 곤혹스러움 그지없어 멍하니 앉아 장탄식만 하였다. 이를 경험하고도 다시 허송으로 다시 잘못을 저지른다면 입이 천백 개라도 남의 조소를 면치 못할 것이다.

그 옛날 우리의 서성 김생은 평생 다른 재주를 연마하지 않고 80이 넘어서도 오히려 붓 잡는 것을 그만두지 않아 입신에 들었다. 오늘날 백세운운 하는 시대에 진갑도 오히려 젊을진대 하다말다하며 한결같음도 못 지키고서야 그 상승의 경계를 어찌 감히 추구할 수 있겠는가!

시경에 이르기를, "뽕나무 뿌리 끊어다가 집을 엮고 들창도 낸다."고 하였는데 이는 본분에 성의를 다하면 무슨 걱정이 있겠는가라는 말일 터, 나는 어영부영으로 일삼으니 공자가 일찍이 이르기를 "사람이 되어 새만도 못해서 되겠는가" 하신 말씀이 나를 두고 이르는 말일게다.

시문은 임지에 있어 흡사 바늘과 실이요 비익연리와도 같아서 잠시도 떨어질 수 없다. 이후로 날로 이 둘을 더욱 가까이하여 길이 어긋나는 일이 없기를 바랄 뿐이다.

2015년 을미 화춘에 청하산방에서 선주선 적는다.

차 례

再開賦詩 다시 시를 짓다

夫自今月 試再吟詩 噫 己丑年七月後滿三年矣 其間所以吟絕
無他焉 首先數年長吟多篇 而一無進展 只重言復言 惡愧無垠 又
至於講義古文眞寶於善墨會 自以爲詩者愈看愈難故也 除此之外
暫任美協書藝分科委員長職 煩宂交集 虛懷日感而事事厭倦 是也
然於今心懷一變而試嘗再吟 何異於前 第勝於玩月愒日 聊爲自救
而已矣

壬辰七月一日

이번 달부터 다시 시를 읊어본다. 기축년 7월 이후, 3년만의 일이
다. 그 동안 시를 읊지 않았던 이유는 다름 아니다. 우선 수 년간 시를
지었음에도 진전은 없이 다만 중언부언이 한없이 부끄러웠고, 또 선묵
회에서 고문진보를 강의함에 이르러 시를 읽으면 읽을수록 어렵다고
여긴 때문이다. 이 밖에 미협서예분과위원장을 잠시 맡아 번거로움만
쌓여 날로 만사에 공허감과 권태와 싫증을 느껴 그만 둔 것이다.

그러나 이제 심기일전하여 다시 읊어보지만 어찌 지난날과 다를
까. 다만 허송세월보다 나을 터, 부족하나마 자구책에 지나지 않을
뿐이다.

임진년 7월 1일

今復欲爲詩	이제 다시 시를 지으려는 건
蹉跎不忍之	차마 허송세월 할 수 없어서
比前何可愈	전보다 어찌 나아졌으리오만
聊得配臨池	아쉬운 대로 글씨와 짝하려고

昆明旅路 곤명 여행길에

歲在壬辰七月五日 憑以平川李月善女士首爾女大中文科碩士班
畢業旅遊 瀾濤指導敎授爲首 共十六人(崔玟烈 丁海川 全相模 朴
榮鉉 徐明澤 孔炳贊 文功烈 申鉉京 朴炅順 金春子 朴美子 吳世
烈 宣華子) 會于仁川空航 午後九時四十五分 離仁川 四時間後
到雲南省昆明 投中皇大酒店而宿

聞道此地別稱曰春城 是乃四時開花 其一年平均溫度 冬節不下
零下三度 夏節不上二十九度故也 今看窓外 雲蔽日光 間間天晴
開門深吸 涼氣襲胸 今此觀光如何展開 期待萬萬矣

壬辰七月六日早晨 于客房

임진(2012) 7월 5일 평천 이월선 여사의 서울여자대학교 중문과
석사반 졸업여행에 편승하여 란도 지도교수를 위시하여 모두 열여섯
사람(최민렬 정해천 전상모 박영현 서명택 공병찬 문공렬 신현경 박
경순 김춘자 박미자 오세열 선화자)이 인천공항에 모여 저녁 9시 45
분에 인천을 떠나 네 시간 후 운남성 곤명에 도착하여 중황호텔에 투
숙하였다.

듣자니 이 지역을 별칭하여 춘성이라 하는데 이는 사시사철 꽃이
피고 일년 평균 온도가 겨울에도 영하 3도 아래로 내려가지 않으며
여름엔 29도 이상 오르지 않기 때문이라고 한다. 창밖은 구름이 해
를 가렸고 간간히 푸른 하늘이 보여 문 열고 심호흡하니 서늘한 기운
이 가슴을 파고든다. 이번 관광이 어찌 전개될지 기대 가득하다.

임진년 7월 6일 이른 아침 객방에서

興來傾耳鳥嚶嚶 　 흥겨운 귓전에 새소리 듣자니
怡道迎賓自喜悰 　 흡사 손님 맞아 절로 즐겁다 말하는 듯 하다
寒暑四時無酷處 　 사시사철 혹한도 혹서도 없는 이곳
間間紅發露花濃 　 이슬 젖은 농염한 꽃 붉게도 피었다

荷花 연꽃

七月七日 經大觀樓 於西山行車窓邊

　　　　　　7월 7일 대관루를 거치고 서산행 차창가에서

若非陽傘如紈扇	큰 잎 양산이 아니면 둥근 부채
瓣蕊紅黃似紫宮	붉은 꽃잎 노란 꽃술은 마치 신선궁 같다
過雨淸風吹不盡	비 갠 후 맑은 바람 끝없이 불고
隨風幽馥遠無窮	바람 따라 그윽한 향기 끝없이 날려온다
優雅姿態堪仙子	우아한 자태 선녀라 할까
樸素鮮光勝彩虹	소박한 맑은 빛 무지개보다 나아라
大塊那邊無長處	온누리 어딘들 잘 자랄 곳이련만
緣何秀獨出泥中	어이해 유독 진흙에서 나와 빼어날까

西山龍門　서산 용문에 올라

七月六日 從西山龍門下 觀昆明湖
　　　　　　　7월 6일 서산 용문에서 곤명호를 바라보며

1)

西山崖壁掛龍門	서산 벼랑에 걸려 있는 용문
望昆明湖欲斷魂	곤명호 바라보려니 넋이 나갈 것 같다
驚歎無垠長鑿路	경탄 끝없는 길게 깎아 만든 길
引人入勝却喪原	경관 황홀경이나 자연 훼손 아쉽다

2)

龍門飛峙崖千仞	날아갈 듯 솟구친 용문 천길 벼랑
頭暈眼花怕運身	어지럽고 아찔해 운신도 겁난다
石洞祈求仙佛懇	암벽동굴마다 부처상에 비는 마음
下行無患擧行人	내려가는 모든 사람들 아무 탈 없기를

九鄕情人谷 구향의 정인곡

午前九時半頃 尋九鄕 一見立石所刻 不游九鄕枉來雲南八字
又過關門 隨階而下 激湍轟音 拍打兩耳 俄而到蔭翠山峽 乘船遊
覽也 其風致而言 則數百餘米水路邊 古木參天濃陰蔽日 奇巖絶
壁華草點綴 聽道 昔日彝族靑春男女 隔岸而對唱情歌 故稱情人
谷矣

七月七日 向石林行車窓邊

오전 9시 반경, 구향을 찾았다. 언 듯 입석에 새긴 '구향을 찾지 않
으면 운남을 잘못 온 것'이란 뜻의 8자가 보인다. 다시 관문을 지나
계단을 따라 내려갔는데 휘도는 물 굉음소리가 귓전을 때린다. 잠시
후 음취산협에 이르러 배타고 놀았다. 그 풍치로 말하면 수 백여 미
터 수로 변에 고목은 하늘을 뚫고 우거진 그늘은 해를 가렸고 기암절
벽에 꽃과 풀이 장식하고 있다. 들자니 그 옛날 이족 청춘 남녀들이
이 계곡을 마주하고 사랑의 노래를 불렀기에 '님의 계곡'이라고 부른
단다.

7월 7일 석림으로 향하는 차창에서

過關階下赤河流　관문 지난 계단 아래 흐르는 황톳물
激湍轟音響渡頭　휘도는 굉음소리 선착장에 울린다
古木參天涯壁曖　고목은 하늘 찔러 벼랑은 어둡고
濃陰蔽日碧空庱　그늘은 해 가려 하늘마저 숨었다
而今同道相划樂　지금 우리 일행 배타는 놀이 즐기는 곳
古昔情人對唱愁　그 옛날 남녀들 노랫소리 애달팠으리
忘返留連良有以　놀에 빠져 돌아갈 줄 모른다는 말 이유 있구나
及時何枉不吟謳　이럴 때 어찌 시 한 수 아니 읊을 수야

石林　석림

七月七日　於向綢緞店車窓

　　　　　　　7월 7일 비단 상점을 향하는 차창에서

鏃似參天灰柱林　화살촉처럼 솟은 회 기둥 숲
頭頭物物自降臨　만물이 절로 내려와 앉은 듯
眼前億劫浮沈事　눈앞의 억겁 부침사에
可笑人間歷古今　인간의 세월이 우습기만 하여라

激情廣場　격정광장

太和宮鐘樓下　幾百歌人　雲集而合唱　其和音搖動道觀　此所謂
激情廣場也　嚮者於北京景山公園　嘗見此矣　今日又見　感歎何極
其歌詞皆愛國有關　而有進取若希望所寄者也　恰似宗敎團體　而其
實不然矣

七月八日　行普洱茶店車窓

태화궁 종루 아래 몇 백 명이 모여 들어 합창을 하는데 그 화음이
도관을 요동한다. 이것이 소위 격정광장이다. 지난날 북경의 경산공
원에서 이런 모습 보았는데 오늘 또 만났다. 감회가 끝이 없다. 그
가사가 모두 애국과 유관한데 진취와 희망의 뜻을 담은 것들이다. 흡
사 종교 단체 같지만 아니다.

7월 8일 보이차점으로 행하는 차창에서

隱隱鐘聲遠　은은한 종소리는 먼데
道觀寥寥深　경내는 고요하기만 하다
銅殿香刺鼻　구리 전각엔 향내 코를 찌르고
花裏飛文禽　꽃동산엔 예쁜 새 난다
忽聞和音莊　문득 들리는 장엄한 화음소리에
不覺促步尋　나도 모르게 발길 향한다
遊人自雲集　사람들 절로 모여들고
響徹雲外臨　노래 울림 구름 밖까지 퍼진다
嗚呼吾疆土　아 우리나라
滿不協和音　불협화음 가득코나
熱情高昂處　열정 높은 이곳에서
何事滿悲心　어쩐 일로 슬픈 맘 가득한고

臨歸路 　귀로에 임하여

一吟一觴 或游或學 三泊五日 轉瞬過矣 每逢中國旅行 興感亦
殊 以其中國日變令人恐懼也 嗟夫 自今莫測十年後中國 何無感
懷哉

七月九日凌晨 於東方航空機內

시 지으며 한잔하며 놀며 공부하며 3박 5일이 순간에 가버렸다.
매번 중국 여행을 만날 때마다 감흥 또한 다른 것은 중국이 날로 변
하여 사람을 두렵게 하기 때문이다. 아! 지금 10년 후의 중국을 헤아
릴 수 없다. 어찌 감회가 없을 수 있으랴.

7월 9일 이른 새벽 동방항공 기내에서

或問何如數訪華　누가 왜 자주 중국에 가냐고 물으면
卽言愛國鼓吹加　애국을 고취하려고 라고 즉답하리라
又增聞見胸襟長　또 견문 넓히며 흉금을 길러
不負心求書路佳　마음 속 서예의 길 저버리지 않으려고 라고

銀鉤之界 粘糊之性歟

서예에는 끈끈한 정이 있는 것인가

鄭善珠申鉉京夫婦 帶抗州浙江大學中國藝術硏究所陳振濂所長
之助理林如博士 及湖北出身東國大學校國文科三年留學生文會 而
訪我山房 少焉 與善墨會員尋西五陵邊庭園食堂 相寒溫又共勉矣
　中食之後 復與鄭賢禎申鄭夫婦林如文會 適仁寺洞所在'風吹之
島' 暫後鉉京離此 梁支源來以加之 乃吾五人以半韓語半漢語相溝
通 無盡喜樂 此可謂書藝本有粘糊者故也
　是時 此五人添今在日本梁哲順 欲爲養女 乃諾 我卒爲六非親
生子之父 其年大四十六 小二十三也
　李白雜詩曰 落地爲兄弟 何必骨肉親 得歡當作樂 斗酒聚比隣
俗語云 有緣千里來相會 無緣對面不相識 皆此之謂也

壬辰七月十四日

　정선주 신현경 부부가 항주 절강대학 중국예술연구소 소장 진진렴
교수의 조교 임여 박사와 호북 출신 동국대학교 중문과 3학년 유학
생 문회를 대동하고 산방을 찾아왔다. 얼마 후 선묵회원들과 서오릉
부근 정원식당을 찾아 서로 문안 인사하고 용기를 북돋았다. 점심 후
다시 정현정 신정부부 임여 문회와 같이 인사동 '바람 부는섬' 생맥주
집을 찾았는데 잠시 후 현경이는 떠나고 양지원이 와서 더해져 우리
다섯은 반 한국말 반 중국말로 서로 통하며 그지없이 즐거웠다. 이는
가히 서예가 본시 끈끈한 정이 있기 때문이라고 이를 만 했다. 이때
에 일본에 있는 양철순을 더하여 딸이 되겠다하기에 승낙하니 나는
졸지에 여섯 시영딸의 아비가 되었다. 그 나이가 많게는 46, 적게는
23세였다. 이태백의 「잡시」에 "땅에 떨어지면 형제가 되는 법 하필

골육만 친하랴 기쁠 때를 만나면 응당 즐겨 한말 술로 이웃을 모으리라" 하였고 속담에 "인연이 있으면 천리 밖에서도 와서 만나고 인연이 없으면 얼굴을 마주하고 있어도 서로 모른다"고 하였다. 모두 다 이를 이르는 말이리라.

임진년 7월 14일

1)

咫尺天涯難識面	지척에 있더라도 서로 알기 어렵고
無緣對面亦如然	인연 없으면 마주해도 또한 그러하다
銀鉤點綴須濃墨	글씨란 진한 먹으로 점철되었기에
黏性令人結善緣	그 점성 좋은 인연 맺게 하는가 보다

2)

近者說焉來自遠	가까이서 즐거우면 멀리서도 오는 법
臨池好樂起多緣	글씨 좋아하고 즐기기에 많은 인연 생긴다
應今書界爲來日	응당 오늘 서예계 내일 위하여
共勉其心心以傳	서로 북돋는 그 마음 이심전심이로세

兒子問摩河之義有感

자식이 마하의 뜻을 물은 감회

昨日晚飯之中 相宇忽問摩河之義 宇素無心於此 暫以爲怪之矣
俄而對曰 世上之水撫之摩之意也 答曰 其義廣大也 內心大驚焉
其實 此號乃培材高三年在學時命名者也 往昔少不更事 但願之則
莫論銀河黃河 用以磨墨 磨以穿硯 皆滅盡之也己 又以佛家之摩
訶爲音矣 其間 或有人混淆摩訶曰 過廣過大 又或曰 最好於昨
今萬號也 嚮也命號之時 同班瀾濤洪光勳曰 善哉 昔日先師月堂
洪震杓先生亦曰 好也 而仍用之 於焉知人 悉皆呼之

壬辰七月十五日

어제 저녁상에서 상우가 문득 마하가 무슨 뜻이냐고 묻는다. 상우
가 평소 이런데 관심이 없었던지라 언 듯 괴이타 여겼다. 잠시 후 세
상의 물을 어루만져 간다는 뜻이라고 답했더니 "그 뜻이 엄청 크네"
라고 응답하여 내심 크게 놀랐다.

기실 나의 자호는 배재고 3학년 때 내 스스로 붙인 것이다. 그 옛
날 물정을 몰라 다만 소원이라면 은하 황하를 막론하고 벼루 닳도록
먹을 갈아 황하와 은하의 물을 모두 말려버릴 것이라고 했었다. 또
불가에서 말하는 크다는 의미의 '마하'로 음을 삼은 것이기도 하다.
이 때문에 그 동안 어떤 사람은 불교의 용어인 마하와 헷갈려 너무
넓고 크다 하였고, 혹자는 작금의 모든 호중에 제일 좋다고도 하였
다. 호를 지을 당시, 같은 반 란도 홍광훈이 좋다고 하였고, 지난날
돌아가신 월당 홍진표 선생님 또한 좋다고 하셨다. 그래서 여전히 쓰
고 있으며 어언간 지인들이 모두 부르게 되었다.

임진년 7월 15일

1)

思春作號與朋時　사춘기때 친구와 호 지을 때
摩盡黃河盟誓之　황하강물 다 갈겠다고 다짐했지
書路應爲穿九硯　응당 9개 벼루 뚫자고 하며
惟知無價事臨池　오직 글씨가 무가의 일이라고 알았지

2)

英年磨墨自怡怡　젊어서 즐거이 먹 갈며
日夢中年名得時　매일 중년에 이름 날 꿈꾸었었지
虛譽而今增痛惜　이름 알려진 지금 아픔만 더하니
銀鉤面目鮮人知　글씨의 진가를 아는 사람 드물어서라네

3)

倒退吾民理智宜　우리 국민들 이지가 퇴보된 것 당연
漢文忽待莫能醫　한문을 홀대하니 치유도 불가능
文言日陋排除久　글과 말 날로 저속해도 배제만 한 지 오래
令解銀鉤焉可期　글씨를 이해하기를 어찌 바라리

4)

五旬功敗襲懷疑　50년 세월에 회의가 엄습해
不勝空虛朝暮噫　공허함 이길 수 없어 날마다 탄식
情況如然何可廢　정황이 이렇다 한들 어찌 그만 두리
有時承霤又臨池　낙숫물이라도 받아서 또 글씨 쓰련다

偶吟   우연히 읊다

迎暑假 每日朝飯後登山 我家背三角山 隨幽徑而可登普賢峰頂
然今爲山林休息年所禁 中途不還不可矣
　下山時 望都心 目睹如雲霧然煤煙現象也 其中人間 百歲時代
云云 可謂人間俗語所言强敵也

壬辰七月十九日

여름방학을 맞아 매일 조반 후에 등산한다. 우리 집이 삼각산 자락
에 있는데 오솔길 따라 보현봉 정상에 오를 수 있지만 지금은 산림
휴식년으로 길이 막혀 중도에 돌아오지 않을 수 없다.

하산 때에 도심을 바라보면 운무 같은 매연 현상을 목도한다. 그
가운데의 인간들 백세 시대를 운운하고 있다. 가히 인간을 속어에서
이르는 '강적'이라고 할 만하다.

임진년 7월 19일

1)

大地汚染甚　대지에 오염이 심하니
山野稀蝗螽　산야에 메뚜기 없고
河川侵毒性　하천에 독성이 범하여
蜻挺幾乎窮　잠자리도 거의 볼 수 없다
簷下無燕子　처마에 제비도 없고
蛙何水邊豐　물가에 개구리인들 있으리
蝮蛇無易見　뱀도 볼 수 없고
紅頰蟻亦同　불개미도 그러하다

2)

球置溫煖化　지구가 온난화에 놓여
蚊猶活於冬　모기가 겨울에 있고
汚物滿塗地　오물이 땅에 덮어
雜草無地種　잡초도 없을 지경
蝮蛇黃鼬泯　뱀 족제비 사라져
老鼠臭溝憁　쥐만 시궁창에 버젓하다
越來越汚染　갈수록 더욱 오염
日減萬蝶蜂　날로 벌 나비 준다

3)

人間此況裏	인간들 이런 속에서
百歲時代娛	백세를 즐기다니
排氣毒性耐	배기의 독성도 견디고
又耐肺黑塗	폐가 검어져도 견딘다
中藥素菜類	약에 중독된 채소류와
魚肉三食謀	생선 고기로 세끼를 채워도
顏色亦不變	얼굴빛도 변하지 않으니
匹敵萬有無	만유간에 필적할 것 없으리

4)

人間救援事	인간의 구원이
何在宗敎孚	어찌 종교에만 있을까
今生實樂園	금생이 실로 낙원
但求誠實吾	다만 진실한 나를 구하리
至樂知本分	본분지킴이 지극한 락
效鳥止丘隅	새 닮아 저 언덕에 그치듯
於此享淨土	이에서 정토 누리면
此外何求乎	이 밖에 무엇을 구하리

人間救援事何在宗教手今
生實樂園但大誠賓吾至
樂知公效鳥知丘隅於此
享淨土此外何求乎

愛月亭懸板　애월정 현판

時在二千八年　晚秋之際　有人囑我愛月亭懸板　乃以隸應之　此
懸板在於城北區所在北首爾夢之林內　其亭子　規模雖小　丹靑華麗
風姿端雅
今日始看懸額　於時　惋惜先於喜悅　匠人不精刻字　情人落書餘
白故也　且之其下　有以再現兩班家屋　而疑是二尺柱聯十餘　前後
不合　左右倒置也　旣然所爲之工事　應以周密而事事不然　噫

壬辰七月二十日

2008년 늦은 가을 어떤 이가 애월정 현판을 부탁하여 예서로 응했
다. 이 현판이 성북구에 있는 '북 서울 꿈의 숲'에 있는데 정자가 규
모는 작아도 풍모 자태는 단아하다.
오늘 처음 현액을 보았는데 이때 아쉬움이 기쁨보다 먼저 하는 것
은 장인이 새긴 것이 정미하지 못하고 연인들이 여백에 낙서한 것들
때문이다. 또 그 아래로 가보니 양반 가옥을 재현한 것이 있는데 두
자 크기의 주련 여 나무개가 앞뒤가 맞지 않고 좌우도 도치된 듯하
다. 기왕 하는 공사 응당 주밀해야 할 일이지만 일들이 그렇지 못하
니 아쉬울 밖에.

임진년 7월 20일

園林幽寂靜	꾸민 정원 그윽하고 고요해
仙景市中臨	선경이 도심에 임한 듯
塘裏安肥鯉	연못엔 살진 잉어 편안하고
林間閒異禽	숲엔 특이한 새들 한가롭다
柱聯無識字	주련엔 글 아는 이 없고
懸板莫知音	현판도 알아주는 이 없다
但惜區區誤	자잘한 잘못들 아쉬울 뿐
無能責一鍼	일침을 가할 수 없구나

癌 암

去年之秋　五十五歲家弟無不居士以食道癌辭世矣　近十個月間
鬪病　今日醫術亦無可奈何　而人命在天一詞　固非虛言也
　今年四月　家妻以甲狀腺癌已受手術於江北三星病院　今日再爲
放射線治療而入院　心亂如麻矣
　聞道　成人十人中三人患癌　可恐可懼　現代人不易堪耐心身之困
又環境汚染已深刻　食品及飲料　已爲病毒久矣　非天殃也　是乃人
害也

壬辰七月二十三日

지난해 가을 55세의 아우 무불거사가 식도암으로 세상을 떠났다.
근 열 달 동안 투병했지만 오늘의 의술도 어찌할 수 없었다. 인명재
천이란 말이 실로 허언이 아니다.
　금년 4월엔 처가 갑상선암으로 강북 삼성병원에서 수술하고 오늘
다시 방사선 치료를 위하여 입원하였다. 심란하기 그지없다.
　듣자하니 성인 열중에 셋은 암환자라 한다. 두렵고 두렵다. 현대인
이 심신의 피로를 감내하기가 쉽지 않고 또 환경오염이 이미 심각하
여 식품과 음료들이 이미 병독이 된지 오래. 이는 하늘의 재앙이 아
니라, 진정 사람이 저지른 폐해일터!

임진년 7월 23일

1)

癌詞竊回想　암이란 말 회상해보니
不聞舞勺時　어려서는 듣지도 못했고
思春至兵役　사춘기에서 군대있을 때에라도
名字亦不知　이름조차 몰랐어라
一朝成話柄　어느 날 화두가 되었구나
無暇深思惟　깊이 생각할 여지도 없이
日日增患癌　날로 암 환자 늘어
處處好人離　여기저기 좋은 사람 떠나누나
醫師不避禍　의사도 피하지 못하고
禪僧莫慈悲　선승에게도 자비 없고
書家去先後　서예가도 앞서거니 뒤서거니
喜演除外誰　코미디언인들 누가 제외랴

2)

人身恒疲憊　사람들 늘 몸 피곤하여
細胞增殖遲　세포 증식이 늦고
心神亦然久　마음 정신 또한 그러하니
氣血自虛衰　기혈이 절로 허하고 쇠하였다
自然毁爲事　자연 훼손을 일삼아
萬物病毒爲　만물을 병독으로 만들어
獲罪應無禱　하늘에 얻은 죄업 기도도 무소용
天怒使不醫　하늘이 노하여 고칠 수도 없다
謙虛下傲慢　겸허히 오만함 내려놓고
一歸本然姿　본연의 자세로 한 번 돌아가
自然惟爲法　자연을 오직 법 삼는다면
癌亡復奚疑　암이 사라질 것을 어찌 의심하리

人身恒疲憊細胞增殖進心神二
然久氣血自虛衰自然無關乎事
篤物病毒為禍罪無所據矣
恕使不醫謙卑下傲慢一歸
不然姿自然惟為法療之途
笑疑 乙未夏心動於一首之

退筆 퇴필을 보며

偶看山房之退筆 忽想大學時節所參夜學之憶 此夜學 天主教徒
李光延先生運營於乙支路六街所在私屋 當時不得上中等之芳山市
場女使喚爲主 又近隣以紹介 每年成爲五六十人之班 而使學一年
間也 是時 我擔當書藝科目 多半學生因以困窮 不易求筆 乃兩年
間 收拾退筆於白石書藝院而分給之 此己過三十五個星霜也 何無
感慨也哉

壬辰七月二十四日

우연히 산방의 퇴필을 보니 문득 대학 시절 야학에 참여했던 기억
이 떠오른다. 그 야학은 천주교도 이광연 선생이 을지로 6가에 있는
사택에서 운영하였는데 당시에 중학교에 가지 못한 방산시장의 여점
원들을 위주로 인근의 소개로 매년 5,6십 명으로 이루어져 일 년간
배우게 한 것이다.

이때에 내가 서예를 담당했는데 대부분의 학생이 곤궁하여 붓을
구하기가 쉽지 않아 2년간 백석서예학원에서 퇴필을 얻어다가 나누
어 주었다.

이것이 이미 35년이 지났다. 어찌 감개인들 없으랴!

임진년 7월 24일

1)

今看退筆頭 퇴필을 보니
想起昔分憂 옛날 근심 나누던 일 생각난다
貧窮師生會 가난한 선생 제자 모여
芳山夜誦休 방산 시장의 밤공부 아름다웠네

2)

諸生鉛不足 모든 학생 연필도 부족한데
勿論管城候 붓은 말할 것도 없었다네
白晝聽差困 낮에는 사환으로 힘든 몸
銀鉤眵睡求 졸면서 글씨 배웠다네

3)

山房退筆丘 산방에 퇴필이 산더미
到處棄然留 도처에 버려둔 듯 남아있다
用久多磨損 오래 써 달아 빠진 것들
可得成字投 그래도 던지면 글씨 될 것들

4)

何用成山似 산을 이루면 무엇 하리
虛名空自羞 헛된 명성 절로 부끄럽다
茫然回想昔 망연히 옛날 회상하니
不覺血淚垂 어느새 소리 없이 눈물 듣는다

毛錐　붓

夫用毫恰似用鍼　屈則不能爲力透紙背　此法應之於屋漏畫沙印
尼　無論起收　人不知其妙用　偃筆塗墨　臥筆亂畫　亦不知管城毛穎
之義　自以爲能書　何必執氷而咎夏蟲哉

壬辰七月二十六日

무릇 붓 씀은 침놓는 것과 흡사해 굽어지면 역투 지배할 수 없다.
이 법은 옥루흔 추획사 인인니에 응하며 기필 수필은 말할 것도 없
다. 사람들은 그 묘용을 알지 못하고 언필로 먹을 바르고 누운 붓으
로 획을 어지럽힌다. 또한 관성후와 모영의 뜻도 알지 못하고 스스로
능서자라고 여기고 있다. 어찌 구태여 얼음을 들고 여름 하루살이를
탓하겠는가!

임진년 7월 26일

生來親近者　　세상에 태어나 친근한 것 중에
最者管城候　　제일은 붓이어라
妙用金鍼似　　오묘한 쓰임 금침과 같아
毛錐游起收　　터럭 송곳인양 기필 수필에서 논다네

觀書舟同人展 서주 동인전을 보고

書舟同人展　時在一九九九年圓大書藝科卒業生發起而成者也
五期生以上己爲諮詢委員 從其以下 至於去年畢業者雜以出品 則
陳昇煥外二十七人矣
　今日之展示場 而環顧四壁 多半亂塗亂寫 彷彿於過去六十年代
詩畵展 或有不稱其年而顯露者 或有枉循中國北京流行書風而看
膩者 然而間間有樸素者 而聊以省心矣
　噫 其在學之時 我不敎如此 然 畢業而後 只過三年 多離正法
務追華態 則爲非書非畵也已

壬辰七月二十六日

　서주동인전은 1999년에 원대 서예과 졸업생들이 발기하여 이루어
진 것이다. 5기생 이상은 이미 자문위원이 되었고 그 아래로부터 작
년 졸업생이 이르기까지 섞여 출품했는데 즉 진승환 외 27명이다.
　오늘 전시장에 가 사방 벽을 둘러보니 대다수가 어지러이 바르고
쓰고 하여 과거 60년대 시화전을 방불케 하였다. 혹은 그 나이에 맞
지 않게 드러내려고 한 것이 있고 혹은 중국 북경의 유행 서풍을 따
른 닉닉한 것들도 있다. 그러나 간간히 소박한 것도 있어 그런대로
시름을 놓는다.
　아! 그 재학 시절에 그렇게 가르치지 않았건만 졸업 후 3년만 지나
면 정법을 떠나 화려한 겉모습만을 탐한다. 그러니 그림도 아니요 글
씨도 아닌 것이 될 수밖에.

임진년 7월 26일

今人筆墨徒弄戲	사람들 필묵을 희롱만 하지만
須經刻苦荊路行	각고의 가시밭길 지나야만 된다네
書者一步又一步	글씨란 한 걸음 한 걸음일뿐
不可躐等勿遑遑	단계 뛰어넘어 급히 갈 수 없는 것
兼追學養爲賢士	학문함양으로 현사되어
幷筆游中游坐忘	병필 노니는 중에 좌망도 즐기는 법
金科玉條棄如土	금과옥조를 흙같이 버리고
非畵非書塗空忙	그림도 글씨도 아닌 것을 바르느라 바쁘다
嗚呼何日歸正路	아 어느 날 바른 길로 돌아가
文雅風氣臻文房	문채 나고 우아한 풍기 문방에 이를는지

老眼歎 눈

吾四十代中盤而後 日益爲老眼 時在二千年度 寫博士論文爲頂
點 遠近皆不淸 若無眼境 不得看書 臨池亦然 往昔近視之朋 羨
我睛亮 視力維持一點五 何不哀哉 竊聞 近視者老來亦明見小字
世上事眞公平也 古昔歐陽率更七十五歲時能寫完美之小字九成宮
醴泉銘 蓋歐陽公必是近視也歟

壬辰七月二十七日

40대 중반 이후 날로 노안이 되어 2000년도 박사학위 논문을 쓰
는 것을 정점으로 하여 원근이 모두 흐릿하여 안경이 없으면 책을 볼
수 없고 글씨쓰기도 또한 그러하다.

전날 근시의 친구들이 내 눈을 부러워했듯이 시력이 1.5였다. 어
찌 애달프지 않겠는가! 듣자하니 근시자들은 늙어져도 작은 글자를
밝게 본다고 한다. 세상사 실로 공평하다. 그 옛날 구양순은 75세에
능히 완미의 소자 구성궁예천명을 써냈는데 아마도 구양공은 필시
근시였을 터.

임진년 7월 27일

人說人身能在十　사람들이 말하길 몸값이 열이라면
瞳明可占九相當　눈이 아홉에 해당한다고
得思碧落銀河座　하늘에 은하수 별자리도 생각케 하고
可憶鄕關祖母房　고향의 할머니 방도 기억케 하고
日遇臨模金石氣　날로 금석기의 임모도 만나고
時聞閱讀古書香　때로 고서의 향기도 읽어 맡고
看睛一瞬知眞假　눈동자만 보면 곧 진실 거짓도 알아
無上心靈壤寶窓　더없는 보물 마음의 창이었거늘

造眼鏡誰 누가 안경을 만들었나

我已有老花鏡十餘 自書房寢室研究室書包 以至於廁所 散在到
處也 若無老花鏡 如眝眼之瞎然 無得看書及日報 戴之亦無得過
兩時間也 然而老來 不欲見之事 甚多 老眼亦有好處也哉

壬辰七月二十八日

나에겐 이미 돋보기안경이 열 개 남짓 있다. 서재 침실 연구실 가
방으로부터 화장실에 이르기 까지 도처에 산재해있다. 만약 돋보기
가 없으면 마치 눈뜬 소경 같아 책도 신문도 볼 수 없고 끼고는 두
시간을 넘을 수 없다. 그러나 늙어지자 보고 싶지 않은 것이 많다.
노안도 좋은 점이 있다.

임진년 7월 28일

1)

看書無得棄	책 보는 것 포기 못하고
花灼不看過	꽃도 아니 볼 수 없는데
視力垂垂惡	시력은 점점 나빠져
無方無奈何	어찌할 방법 없구나

2)

無時老眼摩	때 없이 비비는 노안
焦點不調和	초점이 안 맞아서
日漸投書帖	날로 서첩 던져놓고
嗚呼試擘窠	아 큰 글씨를 시도하다니

3)

眼睛模糊久	눈이 흐린 지 오래
何以但爲痾	어찌 병이라고만 할까
時愈朦朧見	때로는 몽롱이 보이는 것이 좋다
渠由嫌惡多	그 이유는 혐오스런 것 많기에

4)

記事時時見	신문기사 때때로 보면
傷時忿俗多	시속에 속상할 때 많다
當初無眼鏡	애당초 안경이 없었더라면
寧樂誦詩哦	차라리 외운 시나 읊조릴걸

帶新生來北京   신입생을 데리고 북경에 오다

今日上午　帶一年級男女學生具淸美外十人(金研京　金愈珍　金銀京　朴思量　朴成鎬　朴藝瑟　裵成振　鄭承熙　林恩姬　黃斗鉉)來北京　中食後　先經天壇及琉璃廠　復尋王府井而後　投之於北京興基鉑爾曼飯店而宿也

今亦不知淸純新生所受北京印象如何　盖惟以爲物物廣大彩色華紅之中國矣　嗚呼　時在一九九九年我初訪之時所懷萬感　於今比之其懸隔之差　可謂天壤　何可知之也　但庶人人須受頗多感想　而歸而已矣

壬辰八月六日　於客房七三三號

어제 오전 1학년 남녀 학생 구청미 외 열사람(김연경 김유진 김은경 박다솜 박성호 박예슬 배성진 정승희 임은희 황두연)을 데리고 북경에 와서 점심 후 먼저 천단과 유리창을 경유하고 다시 왕부정을 찾은 이후 북경 흥기보얼만 호텔에 투숙하였다.

지금도 청순한 신입생이 받은 북경의 인상이 어떠한지는 모르겠지만 아마 오직 물체마다 크고 채색이 화려하게 붉은 중국이라고 여기리라.

아, 1999년 내가 처음 여기를 찾았던 때의 만감과 비교하면 그 현격한 차이가 가히 하늘과 땅인데 어찌 이를 알까?

다만 모두 많은 느낌을 받고 돌아가기를 바랄 뿐이다.

임진년 8월 5일 733호 객방에서

汝曹今知華多少　너희들 지금 얼마나 중국을 아느뇨
不學歷史吾英年　역사를 배우지 않은 젊은이들이여
已聽東北工程事　이미 들었겠지 동북공정과
亂侵海域操漁船　우리 해역에서 어선들이 조업하고
庇護凍土無啓迪　북한을 비호는 하면서 이끌지는 않고
不願統一友邦然　통일을 바라지 않으면서 우방연하고
人權後進非民主　인권후진에 민주도 아니고
日爲强國莫比肩　날로 강국 되어 비견할 수 없는 나라라고
然而是乃我國運　그러나 이는 우리나라의 운명
成熟民心親率先　성숙한 민심으로 솔선하여 친하고
聰明睿智繁榮作　총명예지로 번영 이루면
方無尤人無怨天　사람도 하늘도 탓하지 않고 원망 없으리
地政學上分不可　지정학상 불가분한 것
克服敵意做福田　적대감 극복하고 복의 터전 이루어
放下屠刀換觀念　백정이 칼 내려놓듯 관념 바꾸고
海鄰遺訓爲眞詮　사해일가의 유훈을 진리로 여기 세나
我國漢子文化圈　우리는 한자문화권
母語漢語久相聯　모국어와 중국어는 오래 서로 관련되어
高低長短在由此　고저장단이 이에서 있으며
三字姓名在那邊　세자의 이름 두 나라 외 또 있던가
沸騰東占西勢說　동양이 서양을 점거한다는 말 비등하고
精神文明全球率　정신문명 지구촌 이끌거라 하니
學文以此回復禮　글 익혀 이로써 예를 회복하고
筆正心正須爲權　붓 바르면 마음도 바름을 권도로 삼길

過八達嶺 팔달령을 지나며

翌日 炎光直射於車窓 過八達峻領 而看山色 已非前日光禿 先
進諸國學者曾說 韓國發展之兆 可見於山林綠化 中國亦綠陰日深
可得預見其將來也歟

八月六日

다음날 햇볕은 차창에 내리 쬐는데 팔달준령을 지나며 산색
을 보았다. 이미 전에 보았던 민둥산이 아니다.
　선진국의 학자들이 일찍이 말하기를 한국 발전의 조짐은 산
림녹화에서 볼 수 있다고 했는데 중국도 녹음이 날로 깊어간
다. 가히 그 장래를 예견할 수 있다.

8월 6일

園林古柏樹陰深　공원엔 늙은 측백 그늘 깊더니
到處蒼蒼亦蔽陰　도처에 푸르름 그늘이어라
先進那邊光禿在　선진국 그 어디에 민둥산 있던가
靑山綠水副人心　청산녹수는 인심에 부응하는 것

女生美貌 여학생의 미모

八個女生美貌皆秀　如蘭鶴之形然　八等身咸行　到處令人刮目
古人云　鯨呑海水盡　落出珊瑚枝　此之謂否乎　夕陽西下之際　游頤
和園　有中年老人　欲與之照像　又於足浴場　服務員皆歎曰　個個身
高　各各美麗云云　固我國靑年風身如此　亦不可知其將來也

八月 七日

　여덟 여학생들 미모 빼어나 마치 난초와 학 모습 같다. 팔등신들이
함께 가면 도처에 이목을 끈다. 고인이 이르기를 "고래가 바닷물 다
마셔버리니 산호가지 우뚝 하다"고 하더니 이를 이름인가!
　석양이 질 때에 이화원을 유람했는데 중년 노인이 그들과 사진 찍
고자 했으며 족욕하는 곳에서는 일하는 사람들이 모두 감탄하여 저
마다 키 크고 모두 모두 아름답다고 하였다.
　실로 우리나라 젊은이들의 풍채가 이 같아도 역시 그들의 장래는
가히 알 수 없다.

8월 7일

身裁似鶴形　몸매는 학 모습
金髮媲娉婷　금발들과 아리따움 견준다
於此兼知性　여기다 지성만 겸한다면
全球爲典型　지구촌의 전형 될 텐데

嘆書藝前途

가늠할 수 없는 서예의 앞날을 한탄하며

旅游三日次　晚飯之時　現文化財廳學藝研究士三期卒業生李鍾
淑博士　同席於三源韓定式食堂　李氏適見差於此　兩年硏究之際
而今與二十一年差後輩　相面敍話　僅僅片時　且今昔之間　敎學風
氣及畢業後前途等問題　交感敍懷　有餘而已　於是　痛感書藝科歷
史不短若世代懸隔矣　嗟夫　吾書壇與書藝科　何時活路洞開焉

八月八日

　여행 셋째 날 저녁 식사 때 현 문화재청 학예 연구사인 3기 졸업생
이종숙 박사가 삼원 한정식당에 동석하였다. 이 박사는 마침 여기에
파견되어 두 해간 연구중이라 21년 차이 후배들과 상면했는데 오늘
대화는 짧은 시간이었지만 어제와 오늘의 교학 풍기와 졸업 후 전망
등의 문제를 교감할 수 있었다. 이때에 서예과 역사가 짧지 않음과
세대 차이를 통감하였다.

　아! 우리 서단과 서예과가 어느 때나 활로를 맞을 수 있을까.

8월 8일

1)

書界將來何以謀　서단 장래를 어찌 꾀하며
學科延命奈何留　학과의 연명을 어찌 할까
心機費盡無長策　마음 다 써도 대책 없어
不覺茫然筆擱收　나도 모르게 망연히 붓을 던진다

2)

長策無因何處在　좋은 꾀 없는 이유 어디에 있으며
前途莫測故何由　앞날을 알 수 없음은 왜일까
無他漢子空排久　다름 아닌 한자의 오랜 배척으로
民擧無知不可猷　국민들 모두 몰라 꾀할 수 없는 것

3)

高潮書法鬧神州　고조된 서예로 시끌벅적한　중국
何事我東無得求　어째서 우리는 추구할 수 없는 걸까
國運盛關書運盛　국운의 융성은 글씨 융성에 달렸거늘
擧民不識使人愁　모든 백성들 알지 못하니 시름겨워라

4)

今世一身斯界投　금세에 이 한 몸 서단에 던졌는데
銀鉤弊屣恨千秋　헌신짝 취급의 글씨 천추의 한
然而不忍中途廢　그래도 차마 그만둘 수 없는 것
今復心思夢一流　오늘도 또다시 일류를 꿈꾸노라

統營度假村 통영의 콘도

送夏之際 炎光猶加曬黑 與可隱會五朋宿 Club E.S 統營度假
村 築造西歐型客舍於海邊山麓 幽靜安穩 風光如畫

壬辰八月二十一日

  여름을 보내는 즈음 햇빛은 아직도 살을 태우는데 가은회의 다섯
벗들과 클럽 이에스 통영콘도에서 묵었다.
  서구형 객실을 해변산록에 지었는데 그윽이 고요하고 편안한 풍광
이 그림 같다.

임진년 8월 21일

碧落白雲流	하늘엔 흰 구름 흐르고
蒼波蒙衝舟	바다엔 짐 실은 배들
松姿徵錦繡	소나무 자태는 영락없는 금수강산
客室乃西歐	객실은 온통 서구식

統營制勝堂 통영 제승당

昨今以獨島問題 韓日兩國間 摩擦極甚之際 尋制勝堂 稽古七
年倭亂 而見忠武公所爲閑山島時調三句若柱聯憂心轉輾夜殘月照
弓刀句 不覺怒氣沖天 噫 而今歲次宣祖當年壬辰也哉

壬辰八月二十二日

작금에 독도 문제로 한일 양국 간에 마찰이 극심한 때에 제승당을
찾았다. 7년 왜란을 상고하면서 충무공이 지은 한산도 시조와 주련
의 "걱정으로 전전하는 밤 잔월은 활과 칼을 비춘다."는 글귀를 보자
니 나도 모르게 노기가 충천한다. 아, 올해가 선조대왕 당시 임진년
이다.

임진년 8월 22일

大捷閑山制勝堂　　한산대첩의 제승당
憂君愛國自昂昂　　임금 걱정 나라 사랑 절로 기세 드높다
戍樓沿海調哀切　　바닷가 수루에 시조 애절한데
弓址隔山革熱腸　　건너 산 활터에 과녁 정열 넘친다
槐木棟梁懷孕比　　괴목엔 동량을 회임했다 견주어지고
赤松忠節隱心方　　적송엔 충절을 감추었다 가늠 되누나
聖雄仗劍撑天處　　충무공 분기탱천 장검 들었던 곳
嫌日蒼氓虛望洋　　일본 미워하는 이 백성 바다만 바라본다

洗兵館 세병관

洗兵館在於統營市文化洞 國寶第三百有五號 聞道 此館與景福
宮慶會樓麗水鎮南館 稱曰朝鮮三大建築物 其樑若柱之長厚 令人
驚嘆

壬辰八月二十三日 于度假村 D棟 421號

세병관은 통영시 문화동에 있는데 국보 305호이다.
듣건대 이 세병관은 경복궁의 경회루 여수의 진남관과 함께 조선
의 3대 건축물이라고 한다.
그 대들보와 기둥의 길고 두터움이 사람을 경탄케 한다.

임진년 8월 23일 콘도 D동 421호에서

仰觀洗兵館渠岑　우뚝 솟은 세병관 바라보니
吾祖胸襟宏志斟　우리 조상 넓은 흉금 짐작할 만하다
紫禁巍巍無得媲　자금성의 거창함도 비교할 수 없건만
丹靑頹朽惋無禁　바래버린 단청에 아쉬움만 더한다

燒燼圓大所藏美術品

원대 소장 미술품의 전소

昨日薄暮之際　金屬工藝科四層燒塌也　因之其所保管貴重美術
品　亦爲燒成灰燼矣　其中有南丁山石兩先生寄贈書藝珍品　是以自
白凡素荃美山等書畵　以至於秋水葩庭韓文大作一切亡失焉　夫圓
光大學歷史不短　其規模亦不小　而至今日　尚不設美術館　美術品
藏於臨時保管所　方遭受回祿之災　誠爲難以啓齒之事　心思尤酸矣

壬辰八月二十八日

어제 저녁 나절 금속 공예과 4층이 타서 무너졌다. 이로 인하여 보
관 되었던 귀중 미술품도 다 잿더미가 되었다. 그 중에는 남정 산돌
선생이 기증한 서예 귀중품도 있다. 이로써 백범 소전 미산 등의 서
화로부터 갈물 꽃들의 한글 대작 일체가 없어졌다. 원광대학의 역사
가 짧지 않고 그 규모도 적지 않건만 오늘에 이르도록 아직 미술관도
짓지 않고 임시 보관소에 수장하다가 화재를 만났다. 실로 입을 열기
조차 곤란했던 일이라 마음 더욱 쓰리다.

임진년 8월 28일

層樓火焰紅	층루에 불꽃 붉더니
灰燼滑翔空	재 되어 허공에 날린다
生物惟非化	생물만 사라지는 것이 아니고나
災星名作同	명작도 재앙에는 같은 신세

颱風 태풍

處暑之節 颱風名曰保羅本 兩日間掃韓半島而消盡矣 到處古木
若電柱顚倒 落果倒稻 消失海岸養殖場 濁流滔天 車輛漂浮 人命
殺傷 其被害實狀 不勝枚擧 然 聽道 颱風大換氣水而淨化 猶不
可缺於今日環境 可謂功過并存也

壬辰八月二十九日

처서지절 볼라벤 태풍이 이틀간 한반도를 휩쓸고 사라졌다. 도처
에 고목이며 전신주들이 쓰러졌고 과일은 떨어지고 벼는 넘어졌다.
해안의 양식장은 사라지고 물에 잠겨 차는 둥둥 떠다니고 인명을 살
상하였다. 그 피해의 실상을 다 거론할 수도 없다. 그러나 듣건대 태
풍이 공기와 물을 크게 바꾸어 정화하여 오히려 오늘의 환경에 불가
결 하다고 한다. 공과가 병존함이라고 하겠다.

임진년 8월 29일

颱風同伴雷	태풍이 우레를 동반하고
旋卷怒龍來	회오리치며 성난 용처럼 쓸려와
倒稻農夫恨	쓰러진 벼에 농부는 한탄하고
亡舟漁夫悝	망가진 배에 어부들 시름겹다
煤煙涼爽換	매연을 상큼히 바꿔주고
汚水淨淸回	오수도 맑게 회복해 주었구나
好惡何須別	선악을 어찌 가리랴만
惟無人命催	다만 인명만 앗아가지 말길

靑河個人展 청하 개인전에 부쳐

靑河金熙政博士以行書爲主作品十九幅及篆刻十餘顆 開催個展
于安國洞丹畵廊 一見之 苟將以追尋結構之密 今其流麗之筆以使
合度 則必成一格焉 於今非書非畵蔓延之際 法書以作之 而寫一
無潦草 不可不稱也 然 世人擧不知書法之妙 尤在經濟難局 其經
費亦不得收之 不問可知 嗟呼

壬辰九月一日

청하 김희정 박사가 행서 위주의 작품 19점과 전각 10여과로 안국
동 단화랑에서 개인전을 개최하였다. 일견한 바 만약 장차 결구의 치
밀을 추구하여 지금의 유려한 필치와 조화 된다면 반드시 일격을 이
룰 것이다.

오늘날 글씨도 아니고 그림도 아닌 것이 만연한 때에 법서로 작품
하고 하나도 날려 쓰지 않았음을 칭찬하지 않을 수 없다. 그러나 세
인이 서법의 묘를 알지 못하고 더욱이 경제 난국에서 경비조차 거두
지 못할 것이 불문가지이다. 애달프다.

임진년 9월 1일

君追書法久	그대 서법을 추구한지 오래
應解孰菁華	무엇이 정수인지 알지 않는가
不管人知是	남이 알아주는 것 관여치 않는 것 옳고
無干世好嘉	세상의 기호에 관여치 않으니 가상하이
何須求地望	어찌 지위와 명망 구하며
那枉近貪邪	헛되이 탐심과 사를 가까이 하랴
只耔收無問	그저 밭을 가꿀 뿐 수확 묻지 않으면
及時成一家	언젠가 일가 이룰 날 오지 않을까

健齒 건강한 치아

嘉林朴順子女士令息韓政秀博士 開設齒科病院於板橋 而隨時
出入 一切免費 羞愧難當也 韓博士曰 齒斷兩全 罕見於年輩云爾
健齒五福 固不能不謝先亡兩親 然 氷觸牙冷 硬物不嚼 塞進牙縫
噫 老朽則老朽然也歟

壬辰九月八日

　가림 박순자 여사의 아드님 한정수 박사가 치과 병원을 판교에 개
설하여 수시로 출입하는데 일체가 공짜라 면구스럽다. 한박사 이르
기를 이와 잇몸이 다 괜찮으며 연배에서 보기 드물다고 하였다.
　건강한 치아는 오복이기에 실로 선망 부모께 감사하지 않을 수 없
다. 그러나 찬 것이 닿으면 시리고 딱딱한 것은 씹기 어렵고 사이에
끼기도 한다. 아! 이젠 낡기는 낡았나 보다.

임진년 9월 8일

1)

近世發明當作冠	근세 발명품 중 으뜸은
無他牙刷是希知	다름 아닌 칫솔임을 아는 이 드물다
人間壽命三旬益	인간 수명이 30년을 더하였고
歪臉皺皮可得醫	일그러진 얼굴 주름 피부도 고쳐냈다

2)

人將望七齒齦良	내 70을 바라보아도 치근이 괜찮으니
恒謝先亡父母長	항상 돌아가신 부모님께 감사한다
齒舌亡存爲警策	이는 없어져도 혀는 남는다는 것을 경책 삼고
餘生處世尺圓方	여생에 원만과 방정을 잣대 삼으련다

緣分 연분

昨日 柏民文功烈博士 帶將所以當婦之中國人黃曉女士 訪善墨
會 柏民居住燕京十有七年 己近半百 黃氏居住桂林 今年四十五
明年之秋 將結爲親 誠非緣分 何可相見也

壬辰九月九日

어제 백민 문공렬 박사가 장차 부인이 될 중국인 황샤오 여사를 데
리고 선묵회를 찾았다. 백민은 북경에서 17년간 거주하고 있으며 이
미 반백에 가깝다. 황씨는 계림에 거주하는데 올해 45세이며 내년
가을쯤 결혼한다. 실로 연분이 아니고서야 어찌 만날 수 있었단 말
인가!

임진년 9월 9일

世上人間事萬端	인간 만사 가운데
結親緣分最奇觀	혼사 연분이 제일 기이한 일
年齡小大還怡悅	나이 적고 많아도 오히려 기쁘고
身分高卑自喜歡	신분의 높고 낮음에도 즐거운 것
國籍東西何可障	국적이며 동서양이 무엇이 장애이며
人種黑白孰猶攔	인종이며 흑백이 어찌 가로 막으리
恒沙男女間惟一	항하사 같은 남녀 간에 오직 한 쌍
天作能爲人不干	하늘의 뜻이요 인간사 아니로세

見悶 갈피를 잡을 수 없어

今日下午二時 之京畿大學 而評分書藝科一次隨試實技考試 六人募集 凡三十六人應試 與圓大書藝科三十三人募集 二十八人出願以比之 誠爲懸隔 不啻若此 圓大書藝科實技考査亦無矣 其差尤甚 茫無頭緒也

壬辰九月十五日

오늘 오후 2시 경기대학에 가서 서예과 1차 수시 실기고사의 점수를 매겼다. 여섯을 모집하는데 36명이 응시하였다. 원광대학교 서예과의 33명 모집에 28인이 출원한 것과 비교하면 실로 현격한 차이다. 뿐만 아니라 원대 서예과는 실기고사 또한 없다. 그 차이가 더욱 심하기에 갈피를 잡을 수 없다.

임진년 9월 15일

京華圈內書生集	수도권 내는 학생 모여드는데
嚆矢圓光反不賓	효시인 원광서예과엔 노냥 미달
傳統已喪捐技練	전통도 이미 상실 되었고 실기도 버렸으니
外行空瞟是茫然	비전공자들 곁눈질 이것이 망연코나

見舊友吳基錫 옛 친구 오기석을 만나다

週末薄暮　東大佛教學科入學同期　現貝你富特社長吳基錫以邀
請　兩夫婦會晤於鐘路塔樓三十三層雲頂　適晚霞鮮紅　以助興致　少
焉　四周廈林點燈與衆星掩映之際　加之一杯而享友情　不知已晚矣
　　吳社長　佛教學科一年一學期畢後　再備入試　翌年進入高大經濟
學科　己號天才　當時其人　頗有仙風　佛教及漢文識見　亦爲絶倫
同僚不敢爲友　而今漢文尤晉升　英語亦有以會通　曾爲曹溪宗國際
布教師　其所爲之事　昨今一也
　　學窓之時　與我往來不頻　綿綿不忘契友之感　近來尤親　盖所以
佛緣也否

壬辰九月十五日

　　주말 저녁 동국대학교 불교학과 입학동기이며 현 Benefit 사장인
오기석이 초대하여 두 부부가 종로 타워 33층 탑클라우드에서 만났
다. 마침 노을은 붉어 흥치를 돕고 얼마 후 주위 빌딩 숲 등불과 뭇
별이 어울릴 제 한잔을 더하며 우정을 나누다가 늦은 줄도 몰랐다.
　　오사장은 불교학과 1학년 1학기를 마치고 다시 입시를 준비하여
다음해 고려대 경제학과를 들어가 이미 천재로 호가 났고 당시에 그
사람됨이 선풍도골에다 불교와 한문의 식견 또한 무리에서 빼어나
동료들이 감히 벗 삼을 수 없었다. 지금엔 한문에 더 진보하였고 영
어 또한 회통하여 일찍이 조계종 국제 포교사가 되었다. 그 하는 것
이 어제나 오늘이 똑 같다.
　　학창시절엔 나와 왕래가 잦지는 않았지만 면면히 뜻 맞는 친구로
서의 느낌은 잊지 않았는데 근래에 더욱 친하다. 아마도 불가의 인연
때문이 아닐까!

임진년 9월 15일

仙風道骨似其人　선풍도골의 그 사람됨
憨厚天眞莫敢親　어수룩 천진 감히 친구 될 수 없는 사람
殊勝眼光時得樂　수승한 안목으로 때로 즐거움 얻고
無心無漏在風塵　풍진 속에서 무심히 번뇌를 떠났어라

聽林如博士講演   임여 박사의 강연을 듣고

林如博士 以訪問學者來校 已有三月 去年之秋 我爲周旋 敝東
洋學大學院與浙江大學中國藝術研究所兩者間結拜姊妹也 此事之
成 惟有浙江大陳振濂所長及敝校金順錦院長 鼎力襄助 若鄭善珠
申鉉京夫婦仲裁之力 實以爲大 乃可能焉 若無成事 林如亦不得
來矣
　今日 自下午二時兩時間餘 林氏相對大學院及學部生 用以功率
道岾 而講演現中國大學書藝敎育情況 又有討論 雖有深意 亦不
知我生感想如何 於是 飜譯現講師姜東君擔當焉

壬辰九月二十日

　임여 박사가 방문학자로 우리 학교에 온지 이미 세 달이다. 지난해
가을 내가 주선하여 우리 동양학대학원과 절강대학중국예술연구소와
자매결연을 맺었다. 이 일의 성취는 오직 절강대학교 진진렴 소장과
우리학교 김순금 원장의 큰 힘과 신현경 정선주 부부의 중재 역할이
있어 가능하였다. 만약 성사가 되지 못했다면 임여도 오지 못했을 것
이다.
　오늘 오후 2시부터 두 시간여 임 박사는 대학원생과 학부생들을
대상으로 파워포인트를 가지고 현 중국대학의 서예교육의 정황을 강
연하였고 다시 토론이 있었다. 비록 깊은 뜻이 있었지만 우리 학생들
의 감상이 어떠했는지는 알 수 없다. 이때에 번역은 강사인 강동군이
담당하였다.

임진년 9월 23일

彼使靑臨衿寫精　저기는 학생들에게 정밀히 임서시키고
琢磨麗澤相自成　절차탁마로 서로 스스로 공부 이룬다
我生應用消光際　우리 학생 응용으로 시간 다 보낼 제
旣得詩文雛鳳爭　이미 안 시문으로 봉추같이 다툰다

見李相穆建大副總長

이상목 건대 부총장을 만나고

善墨會一員 建國大獸醫科敎授李相穆博士 煩冗而不來 値今番
學期 爲副總長 請中飯于北漢山城下溪谷所在美柳木山莊 章石會
長爲首 共九人同席焉 會日秋深 天靑水澄 一杯之餘 近況相晤
遠足彷彿

善墨會員之於近日也 人人日漸好轉 咸祝將爲總長 不日成之哉

壬辰九月二十二日

선묵회 일원인 건국대학교 수의과대학 교수 이상목 박사가 바빠서
못나오다가 금번 학기에 부총장이 되어 북한산성 아래 계곡에 있는
미루나무 산장에서 점심을 내기로 해 장석 회장 외에 아홉 사람이 동
석하였다.

마침 때는 깊은 가을. 하늘 푸르고 물 맑은 곳에서 한 잔 하면서
근황을 서로 나누니 원족 방불하였다.

선묵회원이 근래에 모두 날로 점차 호전되었고 두루 장차 총장 되
기를 축원하였다. 아마 곧 이뤄질 것이다!

임진년 9월 22일

休休斷斷其心相　곱고 한결같은 그 심상
風采迷人洋滑稽　풍채 좋고 유머 만점
肩負將爲當大任　장차 대임을 짊어지어
自欣桃李自成蹊　만천하의 제자와 기쁨 되시길

韓中修交二十周年

한중수교 20주년을 생각하며

中韓自願奉仕者協會楊衛磊君 迎中韓建交二十周年文化藝術節
爲之其留念 自十月四日六日間 將開催墨韻華風書畵篆刻名家招
請展於韓國美術館 觀其公文所載兩國出品者名單 可知楊君辛勞
於是 驀焉一想纏起 我國多半之民 對於中國 隱然之中不信及反
感是也

壬辰九月二十八日

중한 자원봉사자협회의 양위뢰 군이 건교 20주년 문화예술절을 맞
아 그 기념을 위하여 10월 4일부터 엿 세간 한국미술관에서 묵운화
풍서화전각명가초청전을 개최한다. 공문에 실려 있는 출품자 명단을
보니 양군의 노고를 알만하다.

이때 언 듯 상기됨이 있었으니 우리 대다수의 국민들이 중국에 대
하여 은연중 불신과 반감이 있는 것 바로 이것이었다.

임진년 9월 28일

建交友好二旬年	수교 우호 20년
反感猶存何可捐	반감 잔재를 언제 버릴까
宗主群臨玆久忘	종주 군림 잊은 지 오랜데
工程行進枉爲緣	공정 진행이 원인이 되었구나
爾今大國中央鷲	너희는 대국 중원의 독수리
吾亦褊邦東北鳶	우리도 작은 나라지만 동북의 솔개
四海一家斯聖訓	사해일가 성인의 가르침이니
應須相厚又相憐	응당 서로 두터이 하고 서로 아끼자

憶亡弟無不　무불을 그리며

無不居士發見二竪於去年之初　鬪病十月　不得回春而辭世於陽
十月一日(陰九月五日) 今日爲其滿一年矣　越想越冤枉而已　噫 佳
人薄命　天才亦然乎　夫其筆畫之濁氣　由其膏肓而出　無心看過二
旬　是我之失誤也　其五十五之歲數　比昔二王安平等名家　何以爲
少　而痛惜無已　以其終不得發揮其才　又不得以示暗積功夫故也
是何啻吾一家之哀傷　吾書壇之大恨也　苟今日書家中　比肩其人者
何人　蓋來生　必是墨磨　啓迪書壇　又爲百世名家　我固信之而已矣

壬辰十月一日

　무불거사가 작년 초에 병을 발견하고 열 달을 투병했지만 회춘하
지 못하고 양력 10월 1일(음력 9월 5일)에 세상을 떠났다. 오늘이
만 1년 되는 날이다. 생각할수록 원망스러울 뿐이다. 아! 가인박명이
라더니 천재도 그런 것인가! 무릇 그 필획의 탁함이 고황으로부터 나
오는 것인데 무심히 20년을 간과했으니 나의 잘못이다. 그 55세수가
이왕이나 안평 등과 비할 때 어찌 적다 하오리오만 아쉬움 그지없음
은 끝내 그 재주를 발휘하지 못하고 또 쌓아둔 공부도 보이지 못한
때문이다. 이 어찌 한 집안의 슬픔일 뿐이겠는가! 우리 서단의 큰 유
감이다. 실로 오늘의 서가 중 그 사람됨을 비견할 자 누구던가!
　아마도 내생에도 먹을 갈고 서단을 이끌고 또 백세의 명가가 될 것
을 나는 굳게 믿을 뿐이다.

임진년 10월 1일

1)

少年從我墨磨娛　어려서 나를 따라 즐겨 먹을 갈다가
百事皆除心畫扶　만사 제치고 심 획 붙들었네
良士雁行爲一念　선비와 나란히 할 일념으로
人書俱老玉條孚　인서구로를 금과옥조로 믿었네

2)

誰知一旦入膏肓　누가 알았으랴 어느 날 고황에 들지를
字畫淸澄是以亡　필획의 맑은 기운 이로써 잃었다네
若克病魔回得潔　만약 병마 이기고 맑음 회복했다면
素狂八大可將望　회소 팔대 경지도 바랄 수 있었으련만

3)

人命在天何得寃　인명은 재천이니 어찌 원망만 하랴만
其才莫展是哀傷　그 재주를 펴지 못한 것이 슬프다
奈何家率惟朋痛　어찌 식구와 친구들만의 아픔이랴
大損書壇枉歎長　서단의 큰 손실이라 탄식 길어라

4)

今世未成眞悢惜　이승에서 못 이룬 것 못내 아쉽지만
奈何人力卽隨緣　인력으로 어찌 하리 인연법 따른 것을
人良心善人恒贊　사람 좋고 착하다고 칭송해 왔던 터
應已還生夢墨研　이미 환생하여 먹 갈 꿈을 꾸겠지

寄墨韻華風展 묵운화풍전에 부쳐

首爾大學校哲學科博士班中國留學生陽衛磊君以周旋 韓中建交
二十周年所留念之墨韻華風展開催於韓國美術館 李明博政權以來
反中嫌韓蔓延之際 迎以此展 爲七律一首

壬辰十月四日

서울대학교 철학과 박사과정 중국 유학생 양위뢰군이 주선하여 한
중수교 20주년을 기념하는 묵운화풍전을 한국미술관에서 개최하였다.
 이명박 정권 이래 반중과 혐한이 만연되어진 즈음에 이 전시를 맞
아 7언율시 한 수를 짓는다.

임진년 10월 4일

墨韻華風留念展	묵운화풍 기념전
無關政局自欣然	정국과 무관해 절로 기쁘다
昨今畵手鍾迎面	작금의 화가 모여 얼굴 맞대고
先後書家列比肩	선후의 서가 열 지어 어깨 나란히 했다
兀兀批評詞截截	일심분란한 비평의 말 절절하고
怡怡玩賞議綿綿	즐거운 완상의 토의 이어진다
莫存爭冠游於藝	으뜸 다투지 않는 예술의 세계
相契佳談四海傳	뜻 맞은 미담 사해에 전해지리

蹉跎恨　허송을 한탄하며

每週水曜 有漢詩特論講義於博士班 爲之讀韓退之石鼓歌 偶得
一絶

壬辰十月十日

매주 수요일 한시 특론 강의가 박사반에 있어 이를 위하여 한퇴지
의 석고가를 읽으면서 우연히 절구를 얻었다.

임진년 10월 10일

搜索枯腸無別計　문장 싯귀 찾아도 별무신통
求惟踏步悗蹉跎　구해도 답보뿐 허송이 아쉽다
誰言淺學爲詩可　누가 천학이라도 시 쓸 수 있다 했더뇨
無處無詩不得歌　가는 곳마다 시이련만 노래할 수 없어라

一次隨試面試後 일차수시 면접 후

今日上午 有一次隨試面試於美術大本館 與金壽天敎授 進行兩時間餘 面見二十二人 定員四十名中 於一次隨試 可得選拔三十三人乃可 然 出願者不過二十八 尤其應試者僅有二十二 明年充員未達 不問可知 於是 不可不驚之也 其二十二人中 練書經驗者只有三人也 其他 欲爲實用書藝者將以轉科者體育特技者等雜樣焉 誠難以啓齒矣 可謂圓大書藝科已亡也夫 此況與京畿大書藝科不分隨正兩試 必使行實技考查而充當 以比方之 其懸隔之差 無得盡說也 都是敝科敎授所以枉擇實用路線之其錯誤之報應 僅我一人所以無可奈何焉

壬辰十月十二日

오늘 오전 미술대 본관에서 1차 수시 면접이 있어 김수천 교수와 두 시간 남짓 진행하여 28명을 면접하였다. 정원 40명중에 일차 수시에 33명을 선발해야 되는데 출원자가 28명에 불과한데다가 22명만 면접에 응시했다. 내년의 충원 미달은 불문가지이다. 이 때 놀라지 않을 수 없는 것은 그 22명중 글씨 경험자가 단지 세 사람이고 기타 실용서예를 하려는 자 전과자 체육특기자 등이 섞여 있다. 실로 입을 열 수도 없다. 원대 서예과는 이미 망했다고 이를 만하다. 이 정황은 경기대 서예과가 수시 정시를 불문하고 반드시 실기고사를 행하게 하고 충당하는 것과 비교하면 현격한 차이를 말로 다 할 수 없다. 모두 우리과의 교수들이 실용노선을 택한 잘못의 결과다. 나 혼자로서는 어찌해 볼 수 없는 바였다.

임진년 10월 12일

1)

書藝專攻名改後　서예과가 이름을 바꾸어도
充員未達苦年年　충원에 못 이르니 씁쓸한 년년
湖南偏見爲緣故　호남 편견이 연고가 된다 해도
無望前途是莫先　전도 막막 이보다 우선일수야

2)

宿願書壇科卅載　서단의 숙원 설과 20여년
已亡眞面奈何延　이미 진면목 잃고 어찌 이어질까
與其實用寧亡愈　실용노선 따르느니 차라리 없는 게 낫지
使命無存忘本愆　사명도 없고 본질을 잃은 그것이 잘못

3)

應用膏肓今日誤　응용의 병 오늘의 과오
處方百藥莫能痊　백약 처방이라도 고칠 수 없음이여
鍊書未驗空流入　글씨 써보지도 않은 애들이 들어오니
休學轉科斯必然　휴학 전과는 필연

4)

出願者中求設計　출원자 중에 디자인도 원하고
亦求治療不方便　또 치료도 원하지만 방편도 아닌 것
尙風之草應須偃　바람 맞는 풀은 눕게 마련
剜肉醫瘡似徒然　살 잘라 상처에 붙이는 격 공염불이로다

松下居士展 송하거사의 전시를 보고

松下居士白永一敎授開催個展于藝術殿堂 與朴榮鎭敎授一瞥焉
隷書若篆刻爲主 間有篆楷 每作無非佳矣 然不示力量於行草 靡
不惜感 蓋其筆畫遒勁而剛柔疾澁 間架平正而字字逸趣 章法縱橫
而疎朗茂密 篆刻亦出於古法而古雅有餘 一一熟生以樸 特以韓字
亦有功力 而古體別釋 布字恰似塼瓦垣墻然 方圓合度而秀 篆刻
布字尤爲奇特 其韓字書史中可爲絶倫 固今日爲表象於書家 又爲
淸凉於書壇 可謂今日書家之眞正者也

壬辰十月二十日

송하거사 백영일 교수가 예술의 전당에서 개인전을 개최하여 박영
진교수와 둘러보았다. 예서와 전각 위주에 전서 해서가 끼어있는데
매 작품마다 가작이 아닌 것이 없다. 그러나 행초에서 역량을 보이지
않아 아쉬운 감이 없지 않다. 대저 그 필획이 굳세면서 강유질삽하고
간가가 평정하며 글자마다 일취가 있다. 정법은 자유분방하면서 산
뜻하고 무밀하다. 전각도 고법에서 나와 고아함이 남아돌며 일일이
숙생으로 박실하다. 특히 한글에 공력을 들여 고체를 달리 해석하여
분포에 흡사 기와벽돌 담장 같으며 방원이 어우러져 빼어나다. 전각
의 포치는 더욱 기특하여 한글의 서예사에 가히 절륜 이라하겠다. 실
로 오늘 서가의 표상이요 서단의 청량이다. 가히 오늘 서가의 진정자
라 이를 만하다.

임진년 10월 20일

1)

剛柔疾澁　강하고 유하고 빠르고 깔끄럽고
筆厚墨淳　필획은 두텁고 먹빛은 맑고
間架平正　간가는 평정하고
章法天眞　장법은 천진 하여라

2)

篆刻生樸　전각은 숙생에 소박
古雅絶倫　고아하기로 절륜
一律吾字　천편일률 우리 한글에
風格一新　풍격을 일신 했다네

3)

誠之守本　진실코자 본질 지킴
見重於人　남들에게 존중받는 바
書壇矜伐　서단의 자랑이요
臨池問津　서예도정의 이정표로세

偶吟   우연히 읊다

今年丹楓 鮮於別年 其紫紅山川 勝於春花 與黃紫之菊 互相掩
映 噫 物物當令 人獨別有好時節 及老卽爲龍鍾也

壬辰十月二十九日

올해의 단풍이 다른 해보다 곱다. 그 붉은 산천이 봄꽃에 뒤지지
않아 황색 자색 국화와 어울려 돋보인다. 아! 마다마다 제철 맞았는
데 인간은 유독 호시절이 따로 있고 늙어지면 꾀죄죄해짐이라니.

임진년 10월 29일

古木華霜葉　고목엔 단풍잎 화려하고
庭邊露菊濃　뜰 가엔 이슬국화 농염하다
年年逢好節　해마다 좋은 절기 맞으련만
人獨老龍鍾　사람만 유독 늙어 오종종하다

萬朶菊花 국화를 보면서

時聿深秋 趁以博士班漢詩特論講野外授業 與研究生朴鍾根金
貞子趙玉尹學相李銀率李淸美諸位 之益山中央體育公園 環顧千
萬朶菊花祝祭也 萬頃菊花之海 人波熙來攘往 玩賞高節之餘 冲
破其中 尋假設酒店 濁酒一杯 花香振動 其味倍徙焉 足以飮聞之
娛 信可樂也

壬辰十月三十一日

때는 드디어 깊은 가을. 박사반 한시 특론 강의 야외 수업을 틈타
연구생 박종근 김정자 조옥 윤학상 이은솔 이청미 등과 익산체육공
원에 가서 천만송이 국화 축제를 둘러보았다. 만경 국화 바다에 인파
는 북적이는데 오상고절을 완상하는 여가에 그 사이를 뚫고 가설 주
점을 찾아 탁주 일배를 하였다. 꽃향기 진동하여 술맛이 배가 되었고
마시고 맡는 즐거움에 넉넉하여 실로 즐길 만 하였다.

임진년 10월 11일

1)

深秋杏淡黃　깊은 가을 은행잎 맑고
黃菊滿幽香　황국은 그윽한 향기 가득
孰謂同佳色　누가 같은 아름다움이라 이르는가
先凋後傲霜　먼저 시듦과 오상고절을 가지고

2)

街頭楓紫黃　가도에 붉고 노란 단풍
菊繡下垣牆　국화는 담장 아래를 수놓았다
隱見徵秋色　은연 중 가을색을 상징하지만
無香一有芳　하나는 무향 하나는 유향

騎馬舞　말춤

這間 歌手洒夷 以騎馬之舞 震撼全球 獨以唱舞雙法 使歐美熱
狂 驚嘆無已 將以國威宣揚之功 受玉冠文化勳章 苟韓人新穎之
氣 莫測其際也

壬辰十一月一日

저간에 가수 싸이가 말 춤으로 세계를 뒤흔든다. 홀로 노래와 춤
두 가지로 구미를 열광케 한다. 경탄을 금할 수 없다. 곧 국위선양의
공로로 옥관문화훈장을 받는다. 실로 한국 사람의 참신한 끼는 그 끝
을 모르겠다.

임진년 11월 1일

洒夷馬舞筵	싸이의 말춤 잔치
震撼地球村	지구촌을 뒤흔든다
絕叫縲繩束	오라에 묶인 절규인가
相思胡蝶翩	나비가 나는 걸 그리워함인가
焉知渠意象	어찌 그 정취와 무드 알아서
盡沒此油然	몽땅 절로 이는 감정에 빠졌느뇨
不識江南域	강남이 어딘지도 모르면서
熱狂欲斷魂	열광 속에 넋이 나갔구나

描繪燕都　북경을 그려보다

明日有第七回韓中書法名家邀請展剪彩于北京住華韓國文化院
與雲臺先生崔光烈柳貞炎兩社長善墨會員省齊嘉林京來女士等六
人登長途　今次我任座長之故　特以激動　遠望窓外碧空　而琉璃廠
潘家園等名所描繪於心　不覺心蕩神馳矣

壬辰十一月九日於中國國際航空一三二便機內

내일 제 7회 한중서법명가요청전을 북경주화한국문화원에서 오픈
이 있어 운대 선생 최광렬 유정염 두 분 사장 선묵회 회원 성제 가림
경래 세분 여사 등 여섯분과 장도에 올랐다. 이번에는 내가 좌장을
맡아 특히 설레인다.
　멀리 창밖의 푸른 하늘을 바라보니 유리창 반가원 등 명소가 그려
져 나도 모르게 들뜨고 동요된다.

임진년 11월9일 중국국제공항 132편 기내에서

楓林公路紫紅爭	단풍 공항로에 자색 홍색 다투더니
小姐空中光水晶	기내 스튜어디스 수정 같이 빛난다
燕都當今何景色	북경은 지금 어떤 풍경일까
已聞暴雪覆長城	만리장성이 폭설로 덮였다던데

無日回好乎 다시 호전되는 날은 없는 것인가

今日巳時　與胡振民中國文學藝術基金會理事長　徐慶平人民大
學藝術學院長　張元三住華公使　金振坤住華韓國文化院長　申萬勝
中國書法家協會副主席等諸位　剪彩第七回韓中書法名家邀請展
於是　揮灑蘭芳桂馥四字　憑以祝詞　披瀝今日吾書壇潰亂實相兼此
展之重　又力說兩國所以支持之之由　嗚呼　吾書壇終無回復前緒乎

十一月十日 於望京彩知選假日酒店五三八号

오늘 오전 10시에 호진민중국문학예술기금회 이사장, 서경평 인민
대학예술학원장, 장원삼 주화공사, 진진곤 주화한국문화원장, 신만승
중국서법가협회 부주석 등과 제 7회 한중서법명가요청전 테이프를
끊었다.

이때에 '란방계복' 네 자를 휘호하고 축사에서 오늘의 우리 서단의
무너진 실상겸 이 전시의 중요성을 피력하였고 또 양국이 이를 지지
해야 하는 이유를 역설하였다.

아! 우리 서단은 끝내 전인의 유업을 회복할 수 없는 것인가!

11월 10일 왕징의 채지선가일 호텔 538호에서

韓似蘭芳中桂馥　우리가 난초라면 중국은 계수처럼
書香文氣繼銀鉤　서향과 문기로 글씨 이어 왔다네
而今眞相雲泥別　지금의 모습 운니지차
無日能回無得謳　돌이킬 날 없으니 구가할 수 없어라

新裝琉璃廠 새로 단장한 유리창

中食後 尋琉璃廠 秋雨瀟瀟 洗塵丹靑 於是 栢民黃曉一雙 惠
贈印泥於榮寶齋 省齊女士亦開錢包 兼得文具 明年是季 有個展
于寒碧園 適時用之 不亦快哉

十一月十日

점심 후 유리창을 찾았는데 가을비가 주룩주룩 내려 단청을 씻는다.

이때 백민 황효 한 쌍이 영보재에서 인주를 사주었고 성제 여사도
지갑을 열어 겸하여 문구를 샀다.

내년 이쯤에 한벽원에서 개인전이 있는데 때에 맞춰 사용하면 기
쁘지 아니할까?

11월 10일

新裝淸秀琉璃廠　새로 말쑥이 단장한 유리창
五色丹靑勝彩虹　오색단청 무지개 보다 빼어나다
彌滿書香呼遠客　가득한 책향기 먼 손님 부르기에
再來等待夢魂中　다시 올 날을 꿈속에서도 기다렸다네

觀韓紙衣裳發表會 한지 의상발표회를 보고

剪彩而後 會有全北大木材應用科學科姜鎭河敎授所主管韓紙衣
裳發表會 一行更上一層 觀其會 或素朴或華麗之衣裳 又六尺長
身美女之表情演技 足以引人入勝 其中筆畫文飾者 與下層書展
恰巧和諧 更得可觀 聞道 此衣洗濯亦可 何不嘆哉

十一月十日

개막이후 마침 전북대 목재응용학과 강진하 교수가 주관하는 한지
의상발표회가 있어 일행은 다시 한 층을 올라갔다. 혹 소박하고 혹
화려한 의상 또 육척 장신 미녀들의 표정 연기를 보았다. 사람을 황
홀케하기에 넉넉하였다. 그 중에 필획으로 꾸민 것은 아래층 서전과
공교롭게 어울려 더욱 가관이었다. 듣건대 이 옷을 세탁도 가능하다
고 한다. 어찌 감탄하지 않으랴!

11월 10일

韓紙多良處	한지의 여럿 장점 중에
千年耐久先	천 년 내구성이 으뜸
只知應筆寫	오직 글씨 쓰는 걸로만 알았더니
造服可令憐	옷을 만들어도 아낄 만하다

來馬連道 마련도에 오다

從柏民博士 初以尋茶街馬連道 難測實距 可斟十里 行步良久
進入茶緣一柱門 復入茶館 環顧館內茶庫 宿數十年之茶柱及茶塊
密密 不歎不可 聽道 此館主人卽從柏民學書 適主人出他 其女息
倒茶 莫數其杯 憑以此 可料中國茶業 又不能不驚

十一月十二日

백민 박사를 따라 처음으로 차의 거리 마련도를 찾았다. 실제 거리
는 모르겠지만 10 리는 될 것 같다. 한참 걷다가 '다연' 일주문을 들
어서서 다시 찻집으로 들어가 차 창고를 둘러보았다. 수십 년 묵은
차 기둥과 차 덩어리가 빽빽하여 감탄하지 않을 수 없었다. 듣자니
이 찻집의 주인은 백민에게 글씨를 배운다던데 마침 주인은 출타하
고 따님이 잔을 셀 수 없이 따라주었다. 이로써 중국의 차 업을 헤아
릴 수 있었으며 또 놀라지 않을 수 없었다.

11월 12일

馬連遙遠路　마련도 긴 도로
盡是幾何商　모두 몇이나 되는 상점인가
到處茶香撲　도처에 차향이 진동해
無知醒午觴　낮술 깨는지 몰랐네

博士論文審査後 박사논문 심사 후

昨日有以評審宋修英所提出博士論文於全北大中文科 與金炳基
趙玟煥兩博士相逢 今日又有文慶姬女士件 曹首鉉李權載鄭鉉淑
全相摹等四位博士 會于我研究室宋氏之有關於趙孟頫者 可以爲
度過無難 文氏之所寫於王羲之草書者 論難不小 莫測通過與否
其兩者之差 乃以兩科學路不同 而學文淺深相異也 吾科之生 屬
於美大而不能悉知詩文 亦無得推尋學問 是以 儻或進入碩博士班
不果進陟 今兩之別 無足怪也

壬辰十一月二十四日

어제 송수영이 전북대중문과에 제출한 박사논문심사가 있어 김병
기 조민환 두 박사와 만났다.

오늘은 또 문경희 여사의 것이 있어서 조수현 이권재 정현숙 정상
모 등 네분 박사와 내 연구실에서 모였다.

송씨의 조맹부에 유관한 것은 통과가 무난할 듯한데 문씨가 왕희
지의 초서를 쓴 바의 것은 논란이 적지 않아 통과 여부를 가늠할 수
없다.

두 논문의 차는 두 과의 학문의 길이 같지 않아 학문의 실천이 서
로 다르기 때문이다. 우리 과의 학생은 미대에 속해 있어 시문을 알
수 없고 또 학문을 추구할 수도 없다. 때문에 혹 석박사반에 진입한
다고 해도 진척을 이룰 수 없다. 지금 두 논문의 차이는 이상한 것도
아니다.

임진년 11월 24일

1)

師自苦衷生亦困　　교수는 고충 연구생은 괴로움
次元高論莫推尋　　차원 높은 의론 추심할 수 없어라
費年相等何差有　　소비한 세월 같은데 어찌 차이 날까
十載無方問學臨　　십 년간 학문에 임할 방도가 없었기에

2)

師枉無知逐遠心　　스승은 무지하여 원심만 쫓고
生空應用費光陰　　학생은 응용에 세월을 허비 한다
書文本是相同道　　글씨와 글 본시 같은 길이었건만
兩軌緣何古別今　　두 궤적 어찌 고금이 이리 다를까

見金石研究班 금석연구반을 만나고

吾科書藝文化研究所內有金石研究班 以一谷鄭鉉淑博士爲座長
梅崗李順泰均鮮趙美英文汀李殷率等博士生三人從之　此四女士
每週木曜 鳩首于曹首鉉敎授研究室　講讀金石學所關原書 前者
請我而晤叙兩次 今夕我爲之答禮 使會同于永登洞 於是 談論乎
世事及學問之外 費心乎科之將來 不知夜闌矣

壬辰十一月二十九日

우리과 서예문화연구소 내에 금석연구반이 있다. 일곡 정현숙 박
사가 좌장을 맡아 해강 이순태 작선 조미영 문정 이은솔 등 박사생
셋이 따른다. 매주 목요일 조수현 교수 연구실에서 모여 금석학에 유
관한 원서를 읽는다. 전에 나를 초대하여 두 번이나 대접하여 오늘
저녁 답례하기 위해 영등동에 회동케 하였다. 이때에 세사 및 학문을
담론하는 외에 과의 장래에 마음 쓰느라 밤이 늦은지도 몰랐다.

임진년 11월 29일

一旬吾系失求心　우리 과 십 년 동안 구심점 잃고
改換名稱應用侵　명칭도 바꾸고 응용이 파고들었다
設計擡頭電腦重　디자인이 대두되고 컴퓨터가 중시되고
治療浮刻寫經岑　치료가 부각되고 사경이 우뚝 했었다
須修課目間間屜　필수과목이 간간히 헌신짝 되어지고
塗墨游玩處處淋　먹 바름과 유희가 곳곳에 성하였다
再活將亡誰妄辯　없어질 과 살려 놓았다고 누가 망언이더냐
莫如正徑有浮沈　바른 길로 부침하는 것만 할까

贈新任郭會長魯鳳博士

신임 곽노봉 회장에게

韓國書藝學會 開催秋季學術會議於成均館大學校退溪人文館 鄭
福東李周烔博士等八人 發表十八·九世紀朝鮮朝文人之書藝認識
及批評所有關論文 綜合討論而後總會續開 是季因以爲曹玟煥會
長任期屆滿 乃有以指名第八代會長 人人躊躇 是 時 司會崔銀哲
博士 使我勸以推薦 而擧郭魯鳳博士 皆以贊同 卽爲次期會長矣
　郭教授卽著名書學博士 第將有以寄與書學增進若本質回復 甘
心情愿也己

壬辰十二月一日

　한국서예학회는 성균관대학교 퇴계인문관에서 추계학술회의를 개
최하여 정복동 이주형 두 박사 등 여덟 분이 18~9세기 조선 문인의
서예인식과 비평에 유관한 논문을 발표하였다.
　종합토론 이후 총회를 속개했는데 이 시기에 조민환 회장 임기가
만료됨으로 인하여 8대 회장의 지명이 있었지만 모두 주저주저하였
다. 이때에 사회 최은철 박사가 나에게 추천하기를 권하여 곽노봉 박
사를 추천했는데 모두 찬동하여 곧 차기 회장이 되었다.
　곽 교수는 저명한 서학박사. 다만 장차 서학증진과 본질회복에 기
여가 있기를 기꺼이 진심으로 원할 따름이다.

임진년 12월 1일

君乃書學博士　그대는 서학박사
理論明快高深　이론 명쾌하여 높고 깊고
曾扶漢學造就　일찍이 한학에 나아가 조예 있어
飜譯苦衷自任　번역의 고충을 자임하였지요
比來風氣一錯　저간에 풍기 크게 잘못되어
輕忽本質求心　본질과 구심이 홀시되고
純粹空被驅逐　순수가 헛되이 구축되는가 하면
轉瞬應用入侵　어느 순간 응용이 침입했다오
前日書作眞摯　전에는 작품도 진지했고
人多義理推尋　대다수 이치도 탐구했지만
到處任筆爲體　도처에 붓에 맡겨 체를 삼고
塗墨成形於今　먹 발라 형체만 이루는 지금이라오
文風士氣掃盡　문풍과 선비기상 땅에 떨어졌고
希有斯界知音　사계에 지음도 희소한 터
願將書學鼓舞　원컨대 서학을 고무시켜
回復光榮墨林　광영의 서단 회복해주시오

阿里郎　아리랑

按昨日字朝鮮日報　阿里郎登載於人類無形遺産　此所以確定於
佛國巴里所開催聯合國敎科文組織(UNESCO)委員會　聽道　阿里
郎卽我民平素所唱者外密陽㫌善珍道者等　六十餘種　又其節奏凡
三千六百餘　因之可得高點也　阿里郎其曲調可扣心弦　球村人多愛
此己久　而今登載非當然乎

壬辰十二月七日

　어제일자 조선일보에 의하면 아리랑이 인류무형유산에 등재되었다
고 한다. 이는 프랑스 파리에서 개최된 바 연합국교과문조직(UNESCO)
위원회에서 확정된 것이다.
　듣건대 아리랑은 우리가 평소 부르는 것 이외에도 밀양 정선 진도
의 것 등 60여종이고 또 그 가락이 무릇 3,600여나 되어 때문에 가
산점을 받았다고 한다.
　아리랑의 곡조가 심금을 울려 많은 세계인이 아낀 지 오래라 오늘
의 등재는 당연함이리라.

임진년 12월 7일

口傳幾何久　구전되길 얼마일까
何時誰作歌　언제 누가 지어 불렀을까
節奏心弦扣　가락이 심금을 울리니
不唱無奈何　부르지 않고서는 어찌할 수 없구나
曲詞非一二　곡조와 가사도 하나둘이 아닌 것이
球村關心多　세계에 관심도 많아라
而今方登載　이제 세계문화유산에 등재되었으니
滿響玆沙婆　사바세계에 가득 울리리라

休學大亂 휴학대란

今日全國四年制大學之數過二百　包含專門大學則凡三五一也
大學生數越三百萬其敎育熱莫比球村何邦　然就業難極　畢業亦無
前途 是以 方爲休學生百萬時代 此夫因以時在一九九七年IMF外
換危機前後金泳三政府大學政策之誤　大學亂立之果也　其休學生
中 亦有因以困窮者 擧皆惟盡力英語 又欲得各種資格證 東奔西
走 大學謂之學問殿堂已爲弊屣之棄 今也轉落職業養成所 亦無可
奈何 世人言 大學畢業不若高卒云云 大學將何之 亦將何用

壬辰十二月十二日

오늘날 전국의 4년제 대학의 수가 200이 넘는다. 전문대학을 포함
한다면 무릇 351개다. 대학생 수가 300만을 넘고 교육열은 세계 어
느 나라와도 비교할 수가 없다. 그러나 취업이 극히 어려워 졸업해도
전도가 없다.

이 때문에 바야흐로 휴학생 100만 시대가 되었다. 이는 저 1997
년 IMF 외환위기를 전후하여 김영삼 정부의 대학정책의 잘못으로
인한 대학 난립의 결과이다.

그 휴학생 중에는 곤궁 때문인 자도 있지만 거개가 오직 영어에 진
력하고 또 각종 자격증을 얻기 위하여 동분서주하는 것이다. 대학을
학문의 전당이라 일컬었던 것은 이미 헌신짝처럼 버려졌고 오늘엔
직업양성소로 전락되었어도 또한 어찌할 수 없다.

세상 사람들이 이르기를 대학 졸업이 고등학교 졸업만도 못하다고
들 한다. 대학이 어디로 가려는가! 또한 장차 어디에 쓸까!

임진년 12월 12일

學問殿堂何在	학문의 전당이 어디 있나
轉落職業養成	직업양성소로 전락되었으니
轉頭室室空曠	어느새 교실마다 텅텅 비고
彷徨日高怨聲	방황하며 원성만 날로 높다
到處盡力英語	도처에 영어에만 진력하고
枉得資格苦行	자격증 얻겠다고 고행하며
窮乏從事副業	궁핍해 알바를 해도
時給五千怦怦	시급이 오천원 어찌 족하리
名實不副卽廢	명실상부 아니면 폐하고
功夫爲事爲黌	공부로 일삼는 곳만을 학교로 여겨
絶減浪費耗力	경비와 힘의 소모 절감하면
學問就業俱生	학문과 취업이 모두 살 것을
業種本無貴淺	업종에 본시 귀천 없으니
白首以是盡情	백수라도 이로써 마음 다하면
量力而行普遍	능력 알아 보편을 행하고
安分知足自明	안분지족이 자명할 것
當局勿爲放漫	당국도 방만하지 말고
百年大計將營	백년대계를 열어
回復趣旨本領	취지와 본령을 회복하면
名門球村可爭	세계명문과 다툴 수 있을 텐데
今雖經濟難局	지금이 경제 난국이라지만
刹塵東西同迎	세계 동서 똑같이 겪는 일
竟有一旦好會	마침내 어느 날 호기 있으리니
開心希望勉虜	희망에 마음 열고 힘씀 이어 나가자

書聖誰唱 서성이라 누가 제창했을까

今日有文慶姬女士所提出博士論文審査 論題則王羲之書藝美及
藝術境界研究 此題改換以前王羲之草書研究者也 是乃爲國內初
有王羲之有關博士論文 因之不可不嚴 然不知兩月之內補完可否
嗟呼 前週其本月六日 有以審査宋修英所撰趙孟頫者 二十有一
日又有朴成媛學藝官所寫眉叟者於梨大美術史學科 或使比之而爲
劣之焦 憂心悄悄

壬辰十二月十三日

오늘 문경희 여사가 제출한 박사 논문 심사가 있었다. 논제는 왕희
지 서예미와 예술경계연구이다. 이 제목은 이전의 초서 연구를 바꾼
것이다. 이는 국내 초유의 왕희지 유관 박사 논문이 되기 때문에 엄
정하지 않을 수 없었다.

아! 지난주 그 이번 달 6일 송수영이 쓴 조맹부의 것 심사가 있었
고 21일엔 또 박성원 학예관이 이대 미술사학과에서 쓴 허미수의 것
이 있는데 혹 비교하여 못할까 조바심에 근심을 그만둘 수 없다.

임진년 12월 13일

書聖發言誰　서성이라 발명한 자 그 누구냐
其人妙奧窺　그 사람 실로 묘오를 엿본 사람
昇華針露異　현침수로의 기이함으로 승화하였고
羽化鳳鸞姿　봉황난새의 자태로 우화하였다
暗守中和節　중과 화의 절도를 은밀히 지켰고
漫游道佛籬　도교와 불교의 울타리에서 만유하였다
希夷覼縷境　오묘하고 설명할 수 없는 그 경지를
凡俗那能知　범속이라면 어찌 능히 알았으리

碧雲洞天　벽운동천

冬天雨中　爲首爾市文化財指定調査　與柳渭男首爾特別市歷史
文化財課學藝硏究士　首爾市文化財委員金誠龜先生　首爾大造景
學部金晟均敎授　尋蘆原區上溪洞所在水落山碧雲溪谷　於此　有四
個刻石　碧雲洞天雲源臺小菊菊峰是也　筆觸乃可測十八九世紀者
然不知何人之書　隔岸有友于堂　老屋將傾　聽道　此堂則英祖代領
議政洪鳳漢別塾一部　彼時　以此溪谷爲自然庭園　而今友于堂址已
屬于德成學園　夫因以櫛比食堂　毁汚已甚　刻石亦汚水磨洗　忽視
如此　方爲蘆原區所開心　乃專門家使會同　而問其保存價値　亦不
知復原可否　而萬幸矣

壬辰十二月十四日

　　겨울날 우중에 서울 문화재 지정조사를 위하여 류위남 서울특별시
역사문화재과 학예연구사 서울시 문화재위원 김성구 선생 서울대 조경
학부 김성균 교수와 노원구 상계동 소재 수락산 벽운계곡을 찾았다.
　　이곳에 네 개의 각석이 있는데 벽운동천 운원대 소국 국봉이 그것
이다. 필치로 18~9세기의 것임을 알 수 있는데 누구의 글씨인지는
알 수 없다.
　　맞은 편 언덕에는 우우당이 있는데 낡은 집이 막 쓰러지려한다. 듣
자하니 이 당은 영조때 영의정 홍봉한의 별장 일부라 하며 그 때 이
계곡을 자연정원으로 삼았던 것인데 지금의 우우당 터는 이미 덕성학
원에 귀속되었다고 한다.
　　즐비한 식당으로 인해 훼손이 심하고 각석도 오수에 씻겨 이같이
홀시되어오다가 바야흐로 노원구가 마음을 열어 전문가를 회동케하여
그 보존가치를 묻는다. 복원가부를 알 수는 없지만 그래도 다행이다.

임진년 12월 14일

1)

洞天仙游處 통천은 신선 놀던 곳
出峀飛碧雲 산혈에서 나온 구름 날고
四時滿松籟 사시에 솔소리 가득하고
自閑鸞鶴群 난새 학 무리 절로 한가했던 곳
獸迹己盡沒 짐승 자취 다 없고
雪泥脚印紛 눈 진흙길엔 어지러운 발자국 뿐
食堂連櫛比 식당은 즐비하고
處處汚物焚 곳곳에 쓰레기 태운 자리

2)

堂已垂破落 우우당은 거의 허물어졌고
刻石日剝文 각석엔 글자 날로 삭아져도
住民識何物 주민이 뭔지나 알까
行人有所聞 행인이 들어보기나 했을까
古人跡爲屣 고인의 자취 헌신짝같이 하고
新民何云云 선진국 어찌 운운하며
士人風流泯 선비 풍류 다 사라진 지금
玉石誰得分 옥석을 누가 가리랴

贈尹卿 윤경에게

敝科畢業生尹卿提出碩士論文於限時之最終學期 之韓國學中央
研究院韓國學大學院 與李完雨朴廷蕙兩敎授施行審査 而不得通
過 然 使推延次學期 賦予機會矣
　觀其論文 撰述韓國古篆 不下他人 欲使更完 自肯承之 嗚呼
李完雨敎授其指導之周密 人不企及 令人佩服

壬辰十二月十八日

　우리 과 졸업생 윤경이 기한 내 최종학기에 석사 논문을 제출하여
한국학 중앙연구원 한국학 대학원에 가서 이완우 박정혜 두 분 교수
와 심사를 시행하였지만 통과하지 못하였다. 그러나 다음 학기로 연
장케 하여 기회를 부여하였다.
　논문을 보니 한국의 옛 전서를 찬술했는데 남보다 못하지 않지만
더욱 완정케하고자 했으며 자신도 흔쾌히 받아들였다.
　아! 이완우 교수의 지도의 주밀함을 남이 미칠 수 없음이며 사람을
탄복케 한다.

임진년 12월 18일

1)

今還章節具　이제 장과 절을 갖췄고
光得半年餘　반년 시간도 얻었으니
論及周詳盡　논급의 주밀과 상세를 다하세
功夫要緩徐　공부는 천천히가 요체라네

2)

推尋百事除　연구에 백사 제치고
不問獲而鋤　수확 묻지 않고 밭 매듯 하게
有志成於竟　뜻 있으면 마침내 이루는 것
終端應在予　첨부터 끝까지 자신에게 있나니

古文雜書 고문잡서

宋周越古今法書苑云　自倉史逮皇朝　以古文大篆小篆隸書飛白
八分行書草書　通爲八體　附以雜書　元鄭杓衍極云　篆有垂露　複篆
雜書

夫其雜書　　蟲篆鳥篆龜書龍書鵲頭書芝英書蝌蚪書倒薤篆懸針
篆垂露篆鳳尾篆等等是也　可數幾百　誠不可勝擧

吾鮮松溪金振興以雜書寫大學三十八體　此呂爾徵爲首　景惟謙
二十八體　許穆三十二體　繼承而擴充者也　又金尙容留雜書篆刻也

昨日尹卿所寫碩士論文審査以後　餘興不禁　爲之五絶二首

壬辰十二月十九日

송나라 주월은 『고금법서원』에서 이르길 "사관 창힐부터 지
금의 황제 대에 이르기까지 고문 대전 소전 예서 비백 팔분 행
서 초서를 통틀어 8체로 삼았고 잡서를 보태었다"고 하였고,
원의 정표연극은 "전에는 수로전이 있고 복전은 잡서이다"라고
하였다.

무릇 잡서란 충전 조전 구서 용서 곡두서 지영서 과두서 도
해전 현침전 수로전 봉미전 등등이 그것이다. 가히 수백을 셀
수 있어 실로 이루 다 열거할 수 없다.

조선의 송계 김진흥은 잡서로 대학 38체를 썼는데 이는 여
이징을 위시하여 경유겸의 28체와 허목의 32체를 계승하여 확
충한 것이다. 또 김상용도 잡서전각을 남겼다. 어제 윤경이 쓴
논문을 심사하고 그 여흥으로 5언절구 두 수를 지었다.

임진년 12월 19일

1)

古文言複篆　고문에서 이르는 복전은

態勢畵猶如　태세가 그림과 같은 것

懸針垂露篆　현침전 수로전

龍書曰雜書　용서 같은 것을 잡서라 한다네

2)

古人多好事　옛 분 호사가 많아

複篆樂遑遑　복전을 가지고 자득을 즐겼네

寫意臨經傳　사의로 경전에도 임했고

玩中游藝居　놀이 중 유어예를 자처했다네

獻朴槿惠大統領當選者

박근혜 대통령 당선자에게 올림

昨日朴槿惠文在寅兩候補 接戰於第十八代大統領選舉 朴得勝利 初爲韓國女性及父女大統領 其得票率五一.六比四八 票差壹百八萬餘 以標榜民生爲領袖者也 全國十七個選舉區中 首爾光州全北全南除外 則皆爲壓勝 此乃兩陣營 亦不測之結果 因之人人驚之

夫今不勝趨企於當選者 無他焉 時局雖民生莫急 政治刷新 敎育正立 宗敎中立 文化暢達 中日近交等等 若將施之 必是爲常識可通之先進社會矣

壬辰十二月二十日

어제 박근혜 문재인 두 후보가 18대 대통령 선거에서 접전해서 박근혜가 승리하여 처음으로 한국의 여성 및 부녀 대통령이 되었다. 그 득표율은 51.6 대 48 표차는 1백8만여 표로 민생을 표방함으로서 영수가 되었다. 전국 17개 선거구 중 서울 광주 전북 전남을 제외하고는 모두 압승하였다. 이는 양 진영에서도 가늠하지 못한 결과라서 사람마다 놀랐다.

이제 당선자에게 간절히 바라는 것은 다름이 아니라, 시국이 비록 민생이 막급이나 정치쇄신 교육의 정립 종교중립 문화창달 중일외교 등이다. 만약 이를 시행한다면 필시 상식이 통하는 선진사회가 될 것이다.

임진년 12월 20일

弱冠喪慈母　약관에 어머니 잃고
國母代奉行　국모를 대신했지요
不惑涉治世　40대에 정치한 이래
稱選擧女王　선거여왕이라 불렸구요
出師十八代　18대에 출마하여
壓倒遊說場　유세장을 압도하고
竟然鎭進步　진보를 누르고
遂保守輿望　보수의 여망 지켰네요
女性初領袖　첫 여성 대통령
父女亦該當　부녀 대통령도 처음이죠
陰德抑自命　음덕인지 자신의 운명인지
家門大榮光　가문의 큰 영광입니다
外觀菩薩相　외관은 보살상
蓮花似含香　연꽃이 향기 머금은 듯
滿面恒微笑　만면의 미소
何非拈華藏　염화의 감춤 아닐지요
一人機正國　한 사람이 나라 바로 하고
一國掌興亡　흥망도 한 사람에 달렸답니다
勿使本末乖　본말 엉클지 마세요
惟命不于常　천명은 옮겨간대요
懇保赤子似　적자 보호하듯

鰥寡撫安康　홀아비 과부도 편히 하시고
孤獨一一察　고아 독거노인도 살펴
時時施慈祥　자상함 베푸세요
外交自尊守　외교에 자존 지키고
國粹要揚長　국수의 장점 드높이고
須秀英女相　대처 영국 수상처럼
浩浩又堂堂　크고 당당하세요
應爲入先進　응당 선진국에 들게 하며
球村羨慕邦　세계가 흠선하는 나라
促進遼統一　통일을 앞당겨
槿域使流芳　우리나라를 만방에 떨치세요

祝圓光昌盛　원광의 창성을 축원하며

　圓大新聞社要請癸巳新年揮毫　而寫大展鴻圖　又跋曰圓光家族
洗舊刷陳　鴻圖大展　日益出新
　去年圓光大學校蒙受退出汚名　而盡力一年　方復名望　以此更一
轉　推陳出新　何不得入名門殿堂也

壬辰十二月二十四日

　원대 신문사가 계사년 신년 휘호를 요청하여 〈대전홍도〉라
고 쓰고 발에다 "원광가족 묵은 것 다 밀어내고 큰 포부 펼쳐
날로 더욱 새로워지자"라고 썼다.
　지난 해 원광대학교는 퇴출의 오명을 뒤집어썼으나 일 년간
진력하여 명망을 회복하였다. 이로써 더욱 일전하여 묵은 것
밀어내고 새것을 낸다면 어찌 명문의 전당에 들지 못하겠는가.

임진년 12월 24일

圓光蒙退出汚名　퇴출의 오명을 뒤집어쓴 원광대
覺醒一年雪辱成　1년을 각성하여 설욕 이루었네
大展鴻圖心一轉　큰 포부 펼칠 맘으로 일전한다면
名門何不得爲營　명문대학 어찌 경영하지 못하리

道同吾友 통하는 내 친구

歲聿暮乎 今剩幾日 濁酒一壺 醉見手機 知人甚多 其中相通之
友 僅過卄乃驚 在師在兄 或有弟焉 是以擇乎 雅號初字 句中以
雜 弄爲一首矣 此少二友 景專宋鍾寬若醒齋黃邦衍是也

壬辰十二月二十六日

한 해는 저무는가. 올해도 며칠 남았나. 막걸리 한 병에 취하여 핸
드폰을 보니 아는 사람 많다. 그 중에 마음 통하는 벗 겨우 스물을
넘어 놀라웠다. 스승도 있고 형도 있고 혹은 제자도 있다. 이로써 호
중에서 첫 글짜를 시구 가운데 섞어 장난삼아 한 수 짓는다. 그러나
여기에 두 친구는 쓰질 못했다. 경부 송종관 성재 황방연이 바로 그
들이다.

임진년 12월 26일

江上淸風詩玩味	강상의 청풍 같은 시를 완미하고
雲海爲紙書練功	운해를 종이 삼아 글씨 써본다
霧中徘徊誦菖蒲	연무중 배회하며 창포가 외우고
撫松相思愛菊翁	솔 어루만지며 도연명 생각한다
時屬文章恒藏智	때로 문장 지으며 지혜 감추고
絶鐵氣象懷心中	쇠를 끊는 기상을 심중에 품는다
雨過天靑歇波瀾	비 지나 하늘 푸르고 파란도 그쳤기에
忽聞鍾聲望河穹	쇳 종소리 들으며 은하 하늘 바라본다

江宇朴浣植 雲臺丁海川 海亭崔玫烈 霧林金榮基 菖石金昌東 松下白永一
菊堂趙盛周 時雨朴鍾賢 章石徐明澤 藏山金斗漢 絶影黃鉉國 鐵肩郭魯鳳
雨艼李致洙 瀾濤洪光勳 靑雨尹相敏 河丁金相摹

蛇吟 뱀을 읊다

癸巳年也 元旦窓外 白雪霏霏 蛇也 不知輪到屬相之年 今在冬眠也
今年我之本命年 又爲華甲之年 曾聞慈母 一夜之夢 爲龍蛇所
纏 卽我胎夢云云 送舊迎新 感慨萬分矣

或人見蛇之外觀 而有惡心 或於宗敎指原罪之元兇 然 察其內
面 則蛇也者 旣知等候 冷徹無已 是爲潛居抱道 又知冬眠活法
於行藏進退 孔易取義 及時蛻皮 親身改換 亦恰如捐舊取新 轉凡
爲聖 若人能此 則其賢耶聖耶

夫於四柱學 巳乃文昌 而有聰明理智之性 又多文藝哲學聖職之
質 尤其世界到處崇拜地神家神已久 或爲王權象徵 或見身胎夢
可謂吉祥者也

癸巳陽正月元旦

계사년이다. 정월 초하루 창밖에는 흰 눈 흩날리는데 정작 저 뱀은
자기 띠가 돌아온지도 모른 채, 동면 중에 있구나!

올해는 내가 태어난 계사년, 회갑의 해다. 어머니께서 어느 날 꿈
속에 구렁이에게 휘감긴 것이 곧 나의 태몽이라 들었기에 새해를 맞
아 더욱 감개가 무량하다.

혹 인간들 뱀의 외관만 보고 싫어함이 있고 혹 종교에서 원죄의 원
흉으로 가리키기도 한다. 그러나 그 내면을 보면 뱀은 때를 기다릴
줄 알아 냉철하기 그지없다. 이는 보이지 않게 도를 안고 기다리는
것이다. 또 동면의 생존법을 안다는 것은 행장과 진퇴에 있어 공자의
계사(繫辭)에서도 이런 의의를 취한바 있다. 그리고 때가 오면 탈피
하여 스스로 몸을 바꾸어 마치 옛 것을 버리고 새 것을 취한다는 것
은 마치 범인의 경지에서 벗어나 성인으로 전변하는 것과도 같다. 만

일 사람으로서 이처럼 살 수 있다면 그를 현인이라 말할까? 성인이라고 말할까?

무릇 사주학에 뱀은 곧 문창성이라 하여 총명이지의 성질이 있고 또 문예 철학 성직자의 바탕이 다분하다. 더욱이 세계도처에서 지신 가신으로 숭배한 지 오래, 혹은 왕권의 상징이 되었고 혹은 태몽에 현신하니 가히 길상이라 이를 만하다.

계사년 양 정월 원단

1)

人枉言蛇嫌忌物	사람들 뱀을 혐오스럽다지만
只以外觀或勿闚	외관만을 혹여 엿보지 말라
何時向人求粮食	언제 밥을 달라 했던가
抑要逢處施慈悲	자비를 베풀라고 했던가
取物冷靜及時候	때가 왔을 때 냉정히 먹이 취하고
冬眠旣知行藏期	동면으로 행장을 안다
蒙危日光治冷血	위험 무릅쓰고 몸 데우며
舊框打破蛻陳皮	허물 벗을 줄 안다

2)

古代王權徵埃及	이집트에선 왕권의 상징이었고
處處神聖崇古時	곳곳에서 신성으로 숭상하였다
輩出文藝多屬相	문인 예술가들 이 띠에서 많이 나왔으니
理智最秀十二支	12지 중 이지로는 으뜸
原罪之魔改新信	원죄의 악마로 개신교는 믿지만
然而猶多吉祥爲	길상이 된 바도 많아라
曾聞蟒纏母胎夢	울 어머니 구렁이 꿈이 나의 태몽
聊渠質性曰爲師	그 바탕과 성정을 법으로 삼나니

三星家 新年四字成語

삼성가의 신년 사자성어를 보고

三星集團上三個四字成語弩末之勢金蟬脫皮任重道遠於網絡揭
示板 而闡明挑戰世界變化若革新社會責任 此可謂稱於世界七位
財閥之位相 又此可言非用漢字漢文不可乃爾也

李會長建熙先生言及於新年辭云 社方在頂上咫尺 越近頂上越
大逆風 然 不得逡巡於此矣 今日人多側目財閥專擅 又有以使解
體云云之際 而叫奮鬪 何不鼓掌也

癸巳陽正月三日

삼성그룹이 세 개의 사자성어 '궁말지세 금선탈피 임중도원'을 인
터넷 게시판에 올려 세계 변화에의 도전과 혁신사회의 책임을 천명
하였다. 이는 가히 세계 7위 재벌의 위상에 걸맞음이라고 하겠으며
또 이는 한자와 한문을 쓰지 않고서는 안 된다는 것을 가히 말하고
있음이다.

이건희 회장은 신년사에서 이르기를 "회사가 바야흐로 정상이 지
척에 있어 가까워질수록 역풍은 더욱 클 것이다. 그러나 여기서 머뭇
거릴 수 없다"고 하였다. 오늘날 많은 사람들이 재벌의 전횡을 질시
하고 있고 또 해체를 운운함이 있는 즈음이지만 분투를 부르짖는다.
어찌 박수 치지 않으리!

계사년 양 정월 3일

屈指三星雖訾議	굴지의 삼성을 누가 헐뜯느뇨
而稱財閥卓營家	탁월한 경영의 재벌가란 명성을
今看成語人文活	성어를 보자니 인문이 살아있네
頂上球村可不差	세계의 정상에 버금일 뿐일까

希冀趙康訓二十三代美術協理事長

조강훈 23대 미협 이사장에게

夫於今日所施行第二十三代美術協理事長選擧 趙康訓候補壓倒
金一海李範憲兩候補而被選 卽爲三萬美協會員 任領導四年職矣
盖人人渴望履行公約而遂成鴻圖焉

於是 回想三年間之分科委員長職 萬感交集矣 夫其無用職責無
用分科之改善 無可奈何於理事長傘下 其茫然 何可道也 是以 分
科獨立莫先課題 人猶無心 噫

自此而後 我將如超然物外然 不涉美協 誓於佛前

癸巳陽正月五日

오늘 시행된 제 23대 미술협회 이사장 선거에서 조강훈 후보가 김
일해 이범헌 두 후보를 압도하고 피선되어 3만 미협 회원을 위해 4
년을 이끌어갈 직책을 맡았다. 아마 사람마다 공약을 이행하여 마침
내 큰 포부를 이룰 것을 갈망할 것이다.

이때 3년간의 분과위원직을 회상하니 만감이 교차한다. 그 쓸모없
는 직책과 쓸모없는 분과의 개선은 이사장 산하에서는 어찌할 수 없
다. 그 망연함을 어떻게 말할까보냐! 때문에 분과의 독립이 우선의
과제인데 사람들 오히려 무심하니 안타깝다.

이 후로는 세속을 떠난 듯 미협에 관여하지 않을 것을 불전에 맹세
한다.

계사년 양 정월 5일

藝人福祉將實現　예술인 복지를 실현하고
公募不干公正謨　공모전에 간여 없이 공정을 꾀하고
美術館成皆守信　미술관 이루는 것 다 지켜도
不如獨立分科敷　분과에 독립을 부여하는 것만 못 하리

二旬後 魚米之鄉　20년 후 잘 사는 나라

按今日字朝鮮日報A18面 英國經濟情報評價機關EIU 以八十個
國對象調査而發表今日出生之兒 將爲成人時 魚米之鄉之順位 此
乃評價對二千三十年頃 各國經濟健康自由職業犯罪性平等等十一
個項目而導出者也 看其順位 一位瑞士 二位濠洲 三位挪威 四位
瑞典 五位丹麥 六位新加坡 美國德國共同十六位 韓國十九位 日
本二十五位 佛國二十六位 中國三十九位 非州尼日利亞 占有最尾
矣 此何可得信百分 我國能愈日本佛國意大利(二十一位)等 何不
驚之 雖然 今日韓國人之人性心相無禮常識以推斷 將無有人間改
造 天休未至 不問可知也 誠不知來日 何可知二旬之後也

癸巳陽正月九日

오늘자 조선일보 A 18면에 의하면, 영국의 경제정보평가 기관인
EIU가 80개국을 대상으로 조사하여 오늘 출생한 아이들이 성인이
되었을 때 잘 살 나라의 순위를 발표했다고 한다. 이는 곧 2030년경
각국의 경제 건강 자유 직업 범죄 성 평등 등등 11개 항목을 평가하
여 도출한 것이다. 그 순위를 보니까 1위는 스위스, 2위는 호주, 3위
는 노르웨이, 4위는 스웨덴, 5위는 덴마크, 6위는 싱가포르이고, 미
국과 독일이 공동 10위, 한국은 19위, 일본은 25위, 프랑스는 26위,
중국이 39위, 아프리카의 나이지리아가 가장 꼴찌이다. 어찌 100%
믿겠으리오만 우리나라가 일본 프랑스 이탈리아(21위)보다 낮다고
한다. 어찌 놀라지 않을 수 있겠는가! 비록 그러하지만 오늘 한국인
의 심성 심상 무례 상식 등으로 추단 할 때 장차 인간개조가 있지 않
으면 하늘의 복은 이르지 않을 것. 진정 내일 일도 모를 텐데 어떻게
20년 후를 알겠는가!

계사년 양 정월 9일

韓國如今魚米鄉　우리나라 지금 잘 사는 나라
全球驚嘆獨殊邦　세계가 놀라는 유독 별다른 나라
民心向後何隨變　민심은 이후 뭘 따라 변할까
幸有人情飽肚腸　행여라도 인정으로 배를 채워야 할 텐데

無得擔卸　짐 벗을 수 없어

今夕有韓國書藝家協會會長團會合 與竹峯現會長雲臺仁兄河丁
淸河大雅會于慶雲洞大魬家 於是人人指目不佞 擔以次期會長 知
其不可奈何而無能不承諾也　此協會是非營利親睦團體　向者是菴
吾師獨愛重　雖自回甲之年　洗手不管於書壇諸事　誓盟鐵石　然　任
期兩年　終無得拒絶也

癸巳陽正月十六日

　오늘 저녁 한국서예가협회 회장단 회합이 있어 죽봉 현 회장님 운
대형 하정 청하 두 대아와 경운동 대복집에서 모였다. 이때에 모두
나를 지목하여 차기 회장을 맡으라기에 어찌할 수 없어 승낙하지 않
을 수 없었다. 이 협회는 비영리 친목단체인데 전날 시암 선생님께서
유독 애지중지하셨다. 비록 회갑부터는 서단의 모든 일에 손 씻는다
고 철석같이 맹세했지만 임기 두 해를 거절할 수 없었다.

계사년 양 정월 16일

不關閑事固山盟　쓸데없는 일에 관여 않겠다고 산에 맹세하고
海誓庚庚擔卸成　굳게 짐 내려놓겠다고 바다에 맹세했건만
自適一身終不得　이 몸뚱이 자적함도 얻을 수 없으니
銘心該載定無情　명심보감의 해재정이란 말이 무정키만 하구나

沈浸懷念   그리움에 잠겨

朴相國先輩受國民勳章冬柏章　因以爲祝　東大佛敎大學七三同
期高光震吳基錫李福雨朴京俊李熙載黃河姸等八人　會于仁寺洞智
異山食堂　人人己過六旬　話題則健康爲首　學窓及宿舍故事而耳
盖人間自娛沈浸於懷念之中也己夫

癸巳陽正月十八日

　박상국 선배가 국민훈장 동백장을 받아 축하하려고 동대불교대학
73동기 고광진 오기석 이복우 박경준 이희재 황하연 등 여덟 사람이
인사동 '지리산식당'에서 모였다. 다 이미 60이 지나 화제는 건강을
위시하여 학창시절과 기숙사 옛일뿐이었다. 인간은 그리움에 잠기는
것을 스스로 즐기는 것인가 보다.

계사년 양 정월 18일

昔年回憶陳無量	옛날 기억 풀어 놓으니 무량이언만
煩想區區自忽忘	구구한 번거로움에 절로 잊었었구나
快活學窓情宿舍	즐거웠던 학창 정든 기숙사
盤桓懷念沈浸翲	서성이며 그 옛날 그리움에 잠겨있다.

待會餐   식사 모임을 고대하며

杭州所滯留申鉉京鄭善珠夫婦及鄭賢禎梁支源請來西子湖 乃以
應之 今日方搭乘中國國際航空 空中見茫茫雲海 疑是砂糖 或如
精鹽 忽令思中國菜及白酒 尤提胃口 卽爲一首矣

癸巳陽正月二十二日 於空中機窓

항주에 체류하고 있는 신현경 정선주 부부와 정현정 양지원이 서
호에 오기를 청해 이에 응하여 오늘 중국국제항공에 탑승하였다. 공
중에서 망망한 운해를 보며 설탕인지 혹 소금인가 하였다. 문득 중
국요리와 백주를 생각게 하고 입맛을 돋우기에 그 자리에서 한 수
짓는다.

계사년 양 정월 22일 비행기 창가에서

若非萬里雪花糖   만약 만리의 눈꽃 설탕이 아니면
應是精鹽助試嘗   응당 소금일터 맛보라 부추긴다
心在金杯塡對月   술잔 채워 달 마주하고 싶건만
機懸碧落似無行   비행기 허공에 서 있는 것 같구나

暢談酬酢 맘껏 이야기하며 술을 건네다

方到杭州空港 林如博士帶申鄭夫婦及梁支源 自駛而來 歡以迎
之 足以心快 少焉 當到中國美術學院宿舍 解開旅裝 又呼出鄭賢
禎 六人同席火鍋名家 以酬酢歡談 且散懷抱焉
　　於是 林如韓國語進步之快 不禁驚歎 賢禎之適應若支源之精幹
亦復然矣

陽正月二十二日 於中國美術學院宿舍四一九號室

항주에 도착하자 임여 박사가 신현경 정선주 부부와 양지원을 데
리고 운전해 와서 환영하니 마음 즐겁다. 얼마 후 중국미술학원숙사
에 도착하여 여장을 풀고 다시 정현정을 불러 여섯이서 신선로 요리
집에 동석하여 술 한 잔 주고받고 환담하면서 회포를 풀었다.
　　이때 임여의 한국말 진척의 빠름에 놀랐고, 현정의 적응과 지원이
의 야무짐에도 또한 그러하였다.

양 정월 22일 중국미술학원숙사 419호에서

歡呼遭遇尋常事　기쁘게 만나는 것 보통일이겠지만
師弟爲歡刮目成　스승 제자는 괄목 이룸이 기쁨
思戀情懷微蜜語　보고팠던 마음 숨겼던 이야기
不勝今夕是丹誠　오늘 저녁 감출 수 없는 나의 이 마음

觀長卷視界展 장축의 「시계전」을 보고

巳時頃 與鄭賢禎梁支源 尋浙江美術館 入展示場 十人所作十
二十米長軸中國畵大作數十點 令引入勝 不得不覺歎聲 非但作品
水準亦可觀 琉璃(或acryl)額子裝潢 再令人驚之 今於我國 何處
可得觀見如此風景也

陽正月二十三日

사시경에 정현정 양지원과 절강미술관을 찾았다. 전시장에 들어서
자 열사람이 그린 10~20m의 장축 중국화 대작 수십 점이 황홀경으
로 이끌어 나도 모르게 탄성이 터져 나온다. 비단 작품 수준도 가관
일 뿐만 아니라 유리(혹 아크릴 일지도)액자의 장황이 다시 놀라게
한다. 오늘 우리나라에 어디에서 이러한 풍경 볼 수 있겠는가!

양 정월 23일

大陸地塊旣知大　　대륙이 큰 지는 기왕 아는 바
美術館亦稱其寬　　미술관도 그 너비에 걸맞는다
一作可塡壁一面　　한 작품이 한 벽을 다 메웠고
璃裝大額尤可觀　　유리 낀 대 액자는 더욱 가관이다
多彩多姿畫風別　　각양각색 화풍 서로 다르고
處處印章做工完　　여기저기 찍은 인장 잘도 새겼다
序跋畫題道問學　　발문 화제 학문이 묻어나고
筆驅各成自爛漫　　붓 달려 그린 그림 절로 꾸밈없다
韓國畫已無正體　　한국화는 이미 정체성 없이
非西非東亂吁歎　　서양화도 동양화도 아닌 터라 한숨 나온다
一一事事都欽羨　　하나 같이 모두 부러워
欲藏悗惜是亦難　　아쉬움 감추려 해도 이 또한 어렵구나

龍井早春 용정의 이른 봄

吾輩 中食於弄當里西湖區龍井路店 而後環顧龍井一帶 憑以觀
覽杭州茶葉博物館 此地乃龍井茶 本産之處 茶田萬頃 又有茶聖
陸羽喫茶像 時在早春 臘梅及茶花 到處滿開 紅梅飽滿蓓蕾 圍坐
淸澗之邊 可忘歸還 其瀟灑安穩之風光 若有神仙 則不能不降臨
然矣

陽正月二十三日

우리는 롱당리 서호구 용정로점에서 점심을 한 후에 용정마을 일
대를 둘러보았고 이참에 항주차엽박물관을 관람하였다.

이곳은 용정차의 본산으로서 차밭이 만 이랑이고 또 다성인 육우
의 끽다상이 있다.

때는 이른 봄이라 납매 및 차화가 도처에 만개했고 홍매도 꽃 봉우
리가 통통한데 맑은 시냇가에 둘러앉아 있자니 돌아갈 길을 잊겠다.
그 말쑥하고 안온한 풍광은 만약 신선이 있다면 강림하지 않을 수 없
을 듯하다.

양 정월 23일

層層茶葉洗　층층이 찻잎 씻겼고
淸澗絶塵埃　맑은 시내 티끌 끊겼다
春色將方爛　봄빛은 찬란하려하고
紅梅當卽開　홍매는 곧 피겠구나
塘魚微動歇　연못에 고기는 미동 끝내고
山鳥疾飛回　산새는 빠른 날개 짓 돌아왔다
馨遠幽龍井　차 향기 그윽한 용정 마을
如仙卽見來　신선이라도 나투어 올 듯하다

寄留學生 유학생에게

吾人之外 留學生權賢玉李在榮白瑞振高中洽金貞賢等共十人 會于鄭賢禎所住四〇四室 歡談勸杯之餘 書各一幅以贈之 而娛餞別之夜矣

陽正月二十四日

　우리 다섯 외에 유학생인 권현옥 이재영 백서진 고중흡 김정현 등 모두 열 사람이 정현정의 방 404호에서 모였다. 즐거운 대화와 술을 주고받는 여가에 각 한 폭씩 써서 주면서 전별의 밤을 즐겼다.

양 정월 24일

他國有十載	타국에서 10년
靑春送又過	청춘을 보내고 또 보냈구나
恐來日漠漠	장래가 막막하여 두렵고
慮生理如何	생활을 어찌할 수 있을지 걱정되겠지만
然而漫長路	그러나 긴 여정에
今苦作凱歌	오늘의 고생이 승리의 노래가 될 것이며
語文爲底力	어문의 저력이
將須致用多	장차 실용에 미칠 일 많으리

寄培材八八同期圍棋同好會

배재 88동기 바둑모임에 부쳐

契友張容來 居住日本二十餘年 兩年前 歸國而奠基矣 去年之
秋 阿張結成培材八八同期圍碁同好會 二十餘舊友 已會兩次 今
爲三次 再會于良才洞所在名人棋院 於是 金聖奎朴學哲都尙民等
爭鬪甲乙 阿都獲得優勝矣 適善墨例會之土曜 因之遲到會場 只
與同手李基雨一局 以占末席也 已而薄暮 一行尋酒家 酬酢之餘
禹東聖醉而熱昌學窓舊歌 莫論何曲 請之則一無耽延 歌詞不誤
暢順無已 擧不禁驚歎 不知夜深矣

癸巳二月二日

친구 장용래가 일본에서 20여년을 거주하다가 두 해 전에 귀국하
여 정착하였다. 지난해 가을 용래가 배재 88동기 바둑모임을 결성하
여 스무 명 남짓한 옛 친구들이 이미 두 번 모였고 오늘이 세 번째인
데 양재동에 있는 명인기원에서 다시 모였다. 이때에 김성규 박학철
도상민 등이 갑을을 다투어 상민이가 우승하였다.

마침 선묵회가 모이는 토요일이라 좀 늦게 도착하여 다만 동수 이
기우 와의 한판으로 자리를 차지했다. 이윽고 박모에 일행들이 술집
을 찾았다. 술잔이 오고가는 여가에 우동성이 취기에 학창시절의 옛
노래를 부르는데 어떤 노래를 막론하고 청하면 조금도 지체 없었다.
가사도 딱 맞고 거침이 없어 모두 경탄을 금치 못하다가 밤이 깊은
줄도 몰랐다.

계사년 2월 2일

運石怡怡明擦盤　깨끗한 바둑판에 운석 즐거워
贏輸孜孜破顔安　져도 이겨도 껄껄 파안대소 편안하다
天涯咫尺爲同好　지척이 천리였다가 모여든 동호 동창
晩節餘年娛靜觀　느지막이 여년에 정관을 즐기세나

周甲元旦　주갑 원단에 부쳐

轉瞬之間 迎回甲之年 回想六旬 萬感交集也

少年之時 父患家窮 中等思春 得疾喉頭 曾爲苦夷 弱冠累年
偶得結核 心身交瘁 迨其而立 遊事台灣 中盤轉運 獲得大獎於國
展 其後見用於圓光 甘苦迭驗矣

不惑而後 頗得聲譽於書壇 逮於半白 始爲詩文 前後迭任會長
職 又爲文化財專門委員 可謂淸福之人乎

然而今固爲百歲時代 自今當爲再試功夫 書法而言 旣得基礎
積功十載 能期小成 詩文亦今雖逡巡 用力之久 將得謳歌 桑楡暮
年 此外何望之有

癸巳二月十日元旦

눈 깜박할 사이 회갑 년을 만나 60해를 회상하니 만감이 교차된다.

어려서 아버지 병환에 집은 가난했고 사춘기에 후두염 앓아 고충
을 겪었으며 20대 수년은 결핵으로 심신이 초췌했다. 서른에 이르러
대만에 유학했고 그 중반에 국전에서 대상을 받았으며 그 후에 원광
대학에 임용되며 감고를 번갈아 경험하였다.

불혹 이후 자못 서단에서 명성도 얻었고 반백에 이르러 시 문장을
시작했으며 전후하여 회장직을 번갈아 맡았고 또 문화재위원이 되었
다. 가히 청복지인이라고 할 만하지 않은가!

그러나 백세시대가 되었기에 이제부터 다시 공부하련다. 서예로
말하면 이미 기초는 얻었으므로 10년 적공이면 소성을 기약할 수 있
을 것 같고 시문도 지금 비록 미적 되지만 힘쓰다보면 장차 구가도
있을 것이다.

늘그막에 이것 외에 또 무엇을 바라겠는가!

계사년 2월 10일 원단

1)

元旦思周甲　원단에 주갑을 생각하니
時光短且長　세월이 짧고도 길다
枉羞求地望　지위 명망 구한 것 부끄럽고
空悔不成章　문장 이루지 못한 것 후회 된다

2)

周甲茲元旦　주갑 이 원단에
惟盟又切磨　오직 다시 절차탁마 맹세 한다
功夫時用力　공부 때로 힘쓰면
一日有謳歌　어느 날 구가할 날 있겠지

嘆舌手術 혀 수술을 한탄하며

這間 傳聞荒唐之事 人或欲爲謀求英語發音圓滑 而使孩童手術舌骨 是也 今日看朝鮮日報A11面一記事 曰 世間一部齒科 亦勸誘手術於成人 若施手術 則R及L發音 可以分別云云 又言 專門家以爲或舌素帶切除 而使長之 發音不得改善云云

苟於今日 事事皆非正常 不然 則何可橫橫此駭怪之事哉 夫英語至上之李明博政權 令人瘋癲也歟

癸巳二月九日

요즈음 황당한 일을 전해 들었다. 사람들이 혹 영어 발음을 원활히 하려고 어린애들에게 설골을 수술하게 한다는 것이 그것이다.

오늘 조선일보 A 11면의 한 기사를 보면, 세간의 일부 치과에서는 또한 성인에게도 수술을 권하는데 만약 시술을 하면 R과 L의 발음을 분별할 수 있다고 운운한다고 하였다. 또 이르기를 전문가들은 혹 설소대를 절제하여 혀를 늘린다고 하더라도 발음은 개선할 수는 없다고 쓰여 있다. 실로 오늘날 일마다 비정상이다. 그렇지 않고서야 어찌 이러한 해괴한 일이 횡행할 수 있을 것인가! 저 영어지상의 이명박 정권이 사람들을 미치게 함인저!

계사년 2월 9일

橫行施術形容改	성형수술이 횡행하여 얼굴도 바꾸더니
治舌敎長虛自行	혀를 수술하여 늘리는 일도 자행된다네
英語效顰爲至上	영어 흉내가 지상이 된 지금
齒醫助長是荒唐	치과 의사들이 혹 조장한다니 황당코나

尋普光寺 보광사를 찾아서

迎以新春 覓坡州普光寺 祈願無恙也 此寺私緣至深 一則在於
故鄕 二則祖父常尋之處 三則十代吾祖曾施法堂佛事 四則歲在戊
申一九六八年也 家親爲當時此寺住持夢坡法師所引導 而所以入
道於其二十五敎區本寺奉先寺也 以此因緣 時扣廟門 灑落怡悅
每爲安息 固至於此況 子之佛緣 可謂深且厚也歟

癸巳二月十三日

신춘을 맞아 파주 보광사를 찾아 무탈을 기원하였다. 이 절은 나에
게 인연이 깊다. 첫째는 고향에 있고 둘째는 할아버지가 늘 찾던 곳
이다. 셋째는 나의 10대 조 할아버지께서 법당불사를 한 것이고 넷
째는 갑신 1968년도에 아버지가 당시 이 절의 주지스님 몽파법사에
게 인도 되어 25교구 본사 봉선사에 출가한 것이다.

이 인연으로 때로 찾는데 쇄락하여 즐거우며 매번 안식이 된다. 실
로 이쯤 되면 나의 불가 인연도 가히 깊고 두텁다고 할 것이다.

계사년 2월 13일

迎春覓古寺	신춘을 맞아 절을 찾으니
灑落自悠悠	쇄락하여 절로 유유하다
殘雪層層釋	잔설은 층층이 녹고
淸溪汨汨流	맑은 계곡 골골대며 흐른다
木魚終不睡	목어는 졸지도 않는데
童子戲無修	동자는 노느라 즐겁다
安息煩緣息	안식처 번연도 끊어진 곳에
令人纏繞疇	사람을 얽매는 게 무엇이더냐

公寓王國之歎 아파트 왕국을 걱정하며

我國可謂公寓及棟樓王國也 聽道 其共同住宅居住之民 己達一
百分之六十五 與其日本四十 英國不過十八 不言而喻矣

這間 因以其層間騷音 相吵頻繁 爲社會問題 甚而至於殺人放
火 長策何在乎 又或如將有戰爭 其慘酷之相 不問可測 憂懼憂懼

癸巳二月十四日

우리나라는 가히 아파트나 빌라 공화국이라 할 만하다. 듣건대 공
동주택에 거주하는 사람이 이미 65%인데 일본은 40%이며 영국은
불과 18%라고 하니 말하지 않아도 알만하다. 저간에 층간소음으로
인하여 서로 싸움이 빈번하여 사회문제가 되었고 심해져 방화에 까
지 이르렀다. 묘책이 어디 있겠는가! 또 혹여 장차 전쟁이라도 나면
그 참혹한 모습을 묻지 않아도 가늠할 수 있다. 두렵고 두렵다.

계사년 2월 14일

人間居處似鷄窩	사람이 사는 곳 닭장 같아
透壁騷音使鋸磨	층간 소음이 서로 못살게 군다
褊小我邦無可奈	작은 땅 우리나라 어쩔 수 없다지만
人情紙薄曷看過	종이짝 같이 얇아지는 인정 이를 어찌 할거나

羨業餘人 　아마추어가 부러워

一史先生 使我屬其先生二十代祖具鴻畫像記 又分付幷書 去年
重陽 已識之 至於今日 纔書之也 然 先生所賜黃色紙 僅有四張
張張下段 水滲而渝 試使幾次而已 況且菲才 雪上加霜 適今日 紙
墨不稱 思遏手蒙 僅成之矣 嗚呼 向年十一 學書於嚴親以後 今
年六十一 已過五十星霜 猶枉尤紙墨 我本菲才 抑以書者至難也
　噫 子於少時 夢想亦多 或欲爲演員 欲爲畫家 又於思春 欲爲或
法曹人或軍人 苟曾擇異路 可以愈乎今日也 斯文掃地之際 書者輕
忽至甚 虛妄無己 感懷萬端 尙羨業餘之人矣 總是八字所關也

癸巳二月十六日

　일사선생께서 나에게 선생의 20대조 구홍의 화상기를 짓게 하고,
또 아울러 쓰기를 분부하여 지난해 중양절에 진즉 지었지만 오늘에
이르러서야 겨우 썼다. 그러나 선생이 준 황색지가 겨우 네 장인데
장마다 하단에 물이 스며 색이 변해 몇 번 시도해 보았을 뿐이다. 하
물며 재주가 없는데다가 설상가상 마침 오늘 종이와 먹이 서로 맞지
않고 생각은 막히고 손마저 무뎌 근근이 이루었음에랴!
　아! 11살에 엄친께 글씨 배운 이후 올해 61세니 이미 50년이 지났
는데도 아직도 지묵을 탓하고 있다. 내가 본시 재주가 없음인가, 아
니면 글씨가 지난한 때문인가!
　아! 소시에 꿈도 많아 연극배우가 될까 화가가 될까했고 사춘기에
는 혹 법조인 혹 군인이 되고자 했는데 실로 다른 길을 택했다면 오
늘보다는 나았으리라! 문화가 땅에 떨어진 이즈음 글씨 홀대가 극심
하니 허망하기 그지없어 감회가 만 갈래이다. 오히려 아마추어가 부
럽다. 모두가 팔자소관이다.

계사년 2월 16일

書者誰空造　글씨를 누가 만들어
令人煩悶縈　사람을 번민에 얽히게 하는가
曹全臨百迭　조전비 백번은 임서했고
聖敎寫千行　성교서 천 번은 썼고
求學無時續　학문 구함도 때 없었고
窮詩不間賡　시 짓는 것도 간단없었는데
寧爲欣賞者　차라리 감상자나 될 것을
虛事又空成　헛된 일이요 헛된 이룸이로다

孚者無矣 　믿을 것이 없도다

夫於今日 法院 於全國敎授公濟會總括理事李昌祚氏 宣告懲役
二十年刑 此重於檢察所求刑十八年 李氏罪目 則橫領五五八億圓
此乃全國敎授五千四百餘名所豫託六千七百餘億圓 盜用於財産增
殖 而所以爲支付債卷也 是以 使己所付積金之會員 元金切半亦
不可回收矣 我亦自十數年前 與曹首鉉敎授同參 已納付近一億
誤事如此 是何晴天霹靂也 苟孚者無矣

癸巳二月二十日

　오늘 법원은 전국교수공제회 총괄이사 이창조씨에게 징역 20년을
선고하였다. 이는 검찰이 구형한 바 18년 보다 무거움이다. 이씨의
죄목은 558억원의 횡령이다. 이는 곧 전국의 교수 5400여명이 예탁
한 바 6700여 억원을 재산 주식에 도용하고 채권을 지불한 때문이
다. 때문에 이미 적금을 부은 회원들로 하여금 원금의 절반도 회수할
수 없게 하였다. 나도 십 수 년 전 부터 조수현 교수와 동참하여 이
미 일억 가깝게 부었는데 잘못된 일이 이 같으니 이 무슨 청천벽력인
가! 실로 믿을 것이 없음이로다.

계사년 2월 20일

詐巧令人亂　사기가 인심을 뒤흔드니
誰孚何事孚　누구를 믿고 무슨 일인들 믿을까
年金渠小夢　연금의 작은 꿈도
八字莫成乎　이 팔자 이룰 수 없구나

我旣知 物勿知乎

나는 이미 알되 남들은 알지 말라는 것인가

李明博大統領畢五年任期 國立顯忠院參拜之餘 留語於芳名錄
則先寫水到船浮四字 其下 以韓文又寫 更大大韓民國 走向國民
裏 此成語己用於今年新年賀詞之時也
夫以一國之領首 時用四字成語 而其任期之中 終不顧初等漢字
教育所關聯之建議 是何故乎 自身旣知 或以爲人不知亦可乎

癸巳二月二十四日

이명박 대통령이 임기 5년을 마치고 국립현충원에 참배하는 여가
에 방명록에 말을 남겼는데 즉 먼저 수도선부(물이 이르러야 배가 뜬
다)라고 네 자를 쓰고 그 아래에 한글로 '더 큰 대한민국 국민속으로'
라고 썼다. 이 성어는 이미 금년 신년 축사 때 사용한 것이다.
무릇 일국의 영수로서 때로 사자성어를 쓰면서도 그 임기 중에 초
등한자교육에 관련된 건의를 끝내 돌아보지 않았다. 이 무슨 연고인
가? 자신은 기왕 알았으되 혹 남들은 몰라도 된다고 여기는 것인가?

계사년 2월 24일

上典不知奴婢飢	상전 배부르면 종 배고픔 모른다더니
我知字彼可無知	나는 한자 알아도 저들은 몰라도 된다는 건가
一人事事猶常用	자신은 일마다 사용하면서
何使童蒙失及時	어찌 애들에겐 때를 놓치게 하는가

希新任大統領   신임 대통령에게 바람

朴槿惠當選者 就任第十八代大統領職於國會議事堂前庭 於是
力說三大政策 則經濟復興國民幸福文化隆盛 是也 此中文化云云
引人耳目 是乃敎育增進及文化暢達包括故也 此則歷來就任辭中
所罕聞之話頭也 夫於今日 我國敎育跛行若文化衰頹 極爲深刻
又人文學勃興切求之際 合乎時宜 豈非喜訊也 但自家庭及學校敎
育之誤 以至於社會全般斯文掃地之謬 糾正幾何 改進多少 須將
窺其歸趨而已矣

癸巳二月二十五日

　박근혜 당선자가 국회의사당 앞마당에서 제 18대 대통령에 취임하
였다. 이때에 삼대 정책을 역설했는데 곧 경제부흥 국민행복 문화융
성이 그것이다. 이중에 문화의 운운이 이목을 끈다. 이는 교육증진과
문화창달을 포괄하기 때문이다. 이는 역대의 취임사 중 듣지 못하던
화두이다.

　대저 오늘날 우리나라 교육의 파행과 문화의 쇠퇴가 극도로 심각
하고 또 인문학 발흥이 간절히 요구되는 즈음에 시의적절함이다. 어
찌 기쁜 소식이 아니겠는가! 다만 가정과 학교로부터 사회 전반의 문
화쇠퇴에 이르기 까지 얼마나 바로 잡을지는 모름지기 그 귀추를 지
켜볼 뿐이다.

계사년 2월 25일

教育百年大計事　교육은 백년대계
文化民度尺鏡稱　문화는 민도의 척도
何得一朝改而變　어찌 하루아침에 고쳐 바꾸리오만
五載礎石豎所能　5년에 초석은 세울 수 있을 터
人人恒産爲大本　사람마다의 항산을 대본으로 삼고
政治一新惟兢兢　정치일신에 오직 전전긍긍
莫先忠恕人情溢　충서보다 우선 없으니 인정 넘쳐서
應慰對方又照應　꼭 상대를 위로하고 또 조응해야하리
斯文掃地扶令起　문화쇠퇴를 붙잡아 일으키고
禮道之學須復興　예도의 학문을 부흥하여
造成常識通社會　상식이 통하는 사회를 조성하고
將使先進班列升　장차 선진국 반열에 오르도록 했으면

三一節 삼일절을 맞아

每逢三一節 當年喊聲琤琤然 且想起柳寬順歌也 夫按經驗 日
人個個 不見邪惡 而其國家而言 立行斷交 亦不得息怒然 此以尙
一無眞誠請罪也 向來一直 胡說侵略以當 妄言蒙民以喩 而使助
長反感 今亦以性奴隷若獨島問題 日益趨冷 痛惜之感 無得已矣

癸巳三月一日

삼일절을 만날 때마다 당시의 함성이 쟁쟁한 듯하고 또 유관순 노
래가 생각난다. 경험에 의하면 일본인 개개인은 사악함이 드러나지
않는데 국가로 말하면 당장 단교해도 노여움이 사라지지 않을 듯하
다. 이는 아직도 진정한 죄의 반성이 없기 때문이다. 전부터 줄곧 터
무니없는 말로 침략을 정당화하고 망언으로 국민을 깨우치려하여 반
감을 조장케 한다. 지금도 성노예와 독도 문제로 날로 냉각되기에 통
석의 느낌을 그만둘 수 없다.

계사년 3월 1일

個個和人好　개개인 일본사람 괜찮은데
奈何國事殊　어찌 나랏일은 그리도 다른가
眞誠過去悔　진실로 과거를 뉘우치면
立刻善鄰謀　곧 선린의 국가 되련만
胡說騙人曷　헛소리로 어찌 사람을 속이려하며
妄言偸島惡　망언으로 어찌 독도를 훔치려느뇨
全球爲所指　전 세계가 손가락질 하는 바
見惡自招孤　미움 받아 고립을 자초하는고나

歎駐韓美軍跋扈

주한 미군의 발호를 한탄하며

　昨日深夜 駐韓美軍兵士男女三人 不應吾警檢問於梨泰院洞 而逃走其中 與警開展銃擊戰 棄車輛於龍山美八軍部隊附近 隱藏營內矣 聽道 美軍犯罪 爲一年幾百件 若無得捕獲以現行之犯 則不可確保身柄 此乃以駐韓美軍協定SOFA猶在也
　噫 大韓民國 何日得出美國之掌乎 弱小悲哀 又有以甚乎此乎

癸巳三月三日

　어제 심야에 주한 미군병사 남녀 세 사람이 이태원동에서 우리 경찰의 검문을 불응하고 도주 하는 중에 경찰과 총격전을 벌리고는 용산 미군부대 부근에 차를 버리고 영내로 숨었다. 듣자하니 미군 범죄는 한 해에 1백 수십 건이 되는데 만약 현행범으로 포획하지 못하면 신병을 확보할 수 없다고 한다. 이는 주한미군협정 SOFA가 아직도 있기 때문이다. 아! 대한민국! 언제나 미국의 손바닥에서 벗어날 수 있을까? 약소국의 비애 이보다 심함이 또 있을까?

계사년 3월 3일

美軍駐屯久　미군의 주둔이 오래
犯行乃慣看　범행을 익히 본다
無論性醜行　성추행은 말할 것도 없고
殺傷亦一般　살상도 늘상이다
若非現行犯　만약 현행범이 아니면
吾警治法難　우리 경찰 어쩔 수 없어도
協定無得破　협정을 깰 수도 없으니
弱小民心酸　약소국 마음 아프다
何時出魔掌　언제나 그 손에서 벗어나
國防自主干　자주 국방을 구할까

山火 산불

孟春氣象 遽升二十八度 初夏彷佛 此一百有六年後之炎春 又
此一日間 全國山河回祿連行三十餘 此亦罕見者云云
夫春山之火 人命及財産 有所損失 森林綠化 被害莫及 驚蟄之
時 蘇生當禍 惋惜無已 然 火生土也 即以灰燼 爲肥沃之因 此乃
五行循環 輪廻轉生 恐惟不說惡災也歟

癸巳三月十日

맹춘의 기상이 갑자기 28도를 올라가 초여름과 방불하다. 이는
106년만의 더운 봄이며 또 이 하루 사이 전국의 산하에 화재가 서른
남짓 연이어 일어난 것도 또한 드물게 보는 것이라 운운한다.
무릇 봄 산의 불은 인명과 재산에 손실이 있고 산림녹화에 피해가
막급하며 경칩 때에 소생하는 것들이 화를 당하기에 아쉽기 그지없
다. 그러나 불은 흙을 낳는다. 곧 불타버린 잿더미로 옥토의 인자가
된다. 이는 곧 오행의 순환이요 윤회의 삶으로서 아마 오직 악재라고
만 말하지는 못하리라.

계사년 3월 10일

春山圍火焰	봄 산에 휩싸인 화염
不忍見芽花	새싹과 꽃망울 차마 볼 수 없다
物本隨輪轉	만유는 본래 윤회 따르는 법
殃過沃土加	화가 지나가면 옥토 더해지나니

醉中作號 취중에 호를 짓다

曹首鉉敎授退休於上月　因之餘留三人敎授也　予旣當三年生擔任　二年擔任亦自願　添一煩事　只爲造成勉學風土而已矣

昨日爲開講集會　與二年生會同　今日接連三年生者　兩日以酒洗肝　醉眼朦朧　於是　三年生六人　切求別號　卽席作之　曰 陶弘羅蓮繡知籽友雪舟思隱是也　雖倉猝之間　而准數理陰陽　從聲音順利又欲稱其人　盖醉中無心聰氣　勝於醒時料揀然也

癸巳三月十三日

조수현 교수가 지난날에 정년이 되어 세 교수만 남았다. 내가 이미 3학년 담임인데 2학년 담임을 자원하여 또 하나의 번거로움을 더하였다. 오직 면학풍토를 조성하기 위함일 뿐이다.

어제 개강모임을 위하여 2년생과 회동하였고 오늘은 3년생 모임이 이어졌다. 이틀을 술로 간을 씻으니 눈이 몽롱하다. 이때에 3년생 여섯이 간절히 호를 구해 즉석에서 지었는데 도홍 라연 수지 자우 설주 사은이 그것이다. 비록 창졸지간이지만 수리와 음양에 준하고 쉬운 발음을 쫓고 또 그 사람과 걸맞게 하려한다. 아마 취중의 무심한 총기가 깨어있을 적의 분별의식보다 나은가보다.

계사년 3월 13일

酒中別號無時命　주중에 별호를 때 없이 지어온 터
記憶能其一一名　그 이름들 기억할 수 있어라
重疊須禁稱個個　중첩은 금물 개개인에 걸맞으니
嗚呼醉意更聰明　아 취했을 때 더 총명한 건가

五年光陰是惜   5년 세월을 아끼자

今日午後四時　擧行曺首鉉敎授退任留念集會于崇山記念館　我
亦五年後　則當値之　惜其光陰　趁玆銘心焉

癸巳三月十四日

오늘 오후 4시 조수현 교수 정년 기념 모임이 숭산기념관에서 거
행되었다. 나도 5년 후면 닥칠 일 세월을 아낄 것을 이를 틈타 명심
하노라.

계사년 3월 14일

1)

敎分還長久	교직 생활 오히려 긴데
今嘆賖活源	학문은 멀어 탄식 한다
虛名空自滿	헛된 이름에 자만하며
西走又東奔	동분서주 했어라

2)

退休留五載	정년 5년 남았는데
攻讀適期爲	책 읽기에 적기일터
切切偲偲似	절차하고 면려하듯
聊迎勉學時	면학의 기회로 맞으리

見奇書六幅 기이한 글씨 6폭을 보고

時逢早春 休日午時 家妻曰 自將爲放射綫檢查而就醫 因之處
以食餌療法與兩兒子 用餐於外如何 是以 帶昊延相宇 之佛光洞
食膳巷子 尋其名東海之膾家也 適於其家四壁 掛狂草六幅小品
自入口行仁義 至於上樓不爲物先 一一奪目 賦予靈感 內心驚之
雖其字或誇張而難讀 然而 畫遒筆暢而逸趣 其中所寫謹誠橫額
恰似藤蔓 抽象彷彿 尤爲可觀 乃察其篆刻而解讀名字 號見齋名
朴先圭 即向主人借問何人 曰 年近八旬 圓大出身 今隱居南原某
處云 嗚呼 我把筆以來 嘗不得聞其號名 而令賞歎 固於世上 到
處奇人在焉也

今日也 可以亨受口眼兩福 而與兩息 共有樂時 又滿喫春氣 徒
步歸家 誠難得一日也

癸巳三月十七日

조춘을 맞아 일요일 정오에 가처가 이르기를 "나는 방사선 검사를
위해 병원에 가야해서 때문에 식이요법에 처해 있으니 애들과 외식
을 하면 어떻겠느냐"고 한다. 그래서 호연, 상우를 데리고 불광동 먹
자골목에 가서 동해횟집이란 곳을 찾았다. 마침 그 집의 온 벽에 광
초 소품 여섯 점이 걸려 있는데 입구의 행인의 (인의를 행함)로부터
위층의 불위물선(남보다 앞서지 않는다)에 이르기 까지 하나 같이 눈
부셔 영감을 부여하기에 내심 놀랐다. 비록 그 글자가 혹 과장되고
읽기 어렵기는 하지만 강한 획에 유창한 운필이면서 일취가 있고 그
중에 근성(삼가고 진실함)이라고 쓴 횡액은 흡사 칡넝쿨 같은 것이
추상 방불하여 더욱 가관이었다. 이에 그 전각을 살펴보고 이름을 해
독해보니 호는 견재, 명은 박선규라서 즉시 주인에게 물었더니 80

가까운 나이인데 원대 출신이며 지금 남원 어딘가에 산다고 한다. 아! 붓 잡은 이래 그의 호와 이름을 들어보지도 못했는데 감탄케 하다니… 실로 세상엔 도처에 기인이 있다.

오늘은 입과 눈에 복을 누리고 두 애들과 즐거움을 같이 하였고 또 봄기운을 만끽하며 도보로 귀가하였다. 실로 얻기 어려운 하루였다.

계사년 3월 17일

名字猶寂寞	이름이 적막하니
那知何許人	누군지 어찌 알랴만
而看面目具	면목을 갖춘 것 보면
感知練功辛	연공이 매웠음을 알겠다
分布令奪目	포백에 눈을 빼앗겨
使自靈感臻	절로 영감이 떠오르게 한다
世上奇人在	세상엔 기인이 있어
滋味乃振振	재미가 진진한 것인가
又使自歎服	다시 탄복하게 하는 것은
難能雌黃伸	평하기 어려움을 펼쳐내듯
任意及恣性	임의대로 맘대로 했음이니
將參肯諾因	참작을 내켜 허여함이로세

文正會 문정회

文正會趁其敝科旋回實用 設置漢文有關五個講座 因之 使終止
後八年 活動再開焉 是時也 使三年生金知慧任會長 卒業生宋修
英博士以應嚮導 今夕酉時 二十餘人 會于三百一講義室也
　其間爲筆音會寫經會等之所活性 因之 頗爲疎于勉學風土 於玆
以其基礎漢文擇童蒙先習及擊蒙要訣 又以草訣百韻歌 爲草書判
讀及臨詩之資 蓋此將爲學風振作之嚆矢也已

癸巳三月十九日

　문정회가 우리 서예과가 실용으로 선회함을 틈타 한문에 관계되는
다섯 강좌를 설치하면서 이 때문에 없어진지 8년 만에 활동을 재개
하였다.
　이때에 3학년 김지혜를 회장으로 하였고 졸업생 송수영 박사가 이
끌어 오늘 저녁 6시쯤 스무 명 남짓 301 강의실에서 모였다.
　그 동안 붓 소리모임 사경모임 등이 활성화되면서 때문에 자못 면
학 풍토가 성글어졌기에 이에 기초 한문으로 동몽선습과 동몽요결을
택하였고 또 초결백운가로 초서 판독 및 시에 임하는 바탕으로 삼았
다. 아마도 이는 학풍 진작의 효시가 될 것이다.

계사년 3월 19일

課後聚會文正	방과 후에 모이는 문정회
漢文敎程以增	한문 커리큘럼을 보탬하는 것
終止八年而後	없어진 지 8년 후
欲成求心以承	구심점 찾자고 계승 했다네
漫長漫延實用	오랜 동안 만연된 실용
無能本領烝烝	본령이 왕성할 수도 없고
彷徨不果定向	방황하며 정향도 이룰 수 없어
不得不以復興	부득불 다시 일으켰다네
書藝專攻正道	서예 전공의 정도는
求學追藝依凭	학문 구하고 예도 추구에 의지하여
進漢學修讀草	한학에 나아가고 초서 읽기를 닦는 것
今爲緊要是應	지금의 긴요함이요 이것이 응당
自今虛送終息	이제부터 허송을 종식하고
爲之遠慮兢兢	먼 걱정으로 전전긍긍
無時功夫盡力	때 없이 공부에 진력하여
吾系提高一層	우리 학과 한 층 격을 높일 때라네

贈楷字班　해자반에 부쳐

三年生金上智君 以爲不寫顏楷 則不得臨所新設爭座位講座 而
結成楷字班請我敎習每週一回 乃欣以應之矣 今日夕陽之際 二十
餘生 會于三年級專攻室 無論上級 初步新生 雖有力量之差 而可
以之琢磨相成 此亦將爲勉學風潮之緖矣

癸巳三月二十日

　3학년 김상지 군이 안진경 해서를 쓰지 않고는 새로 설강된 쟁좌
위 강좌를 임할 수 없음을 알고는 해자반을 결성하고 나에게 매주 1
회 교습을 청하기에 흔쾌히 응하였다.
　오늘 석양 무렵 스무 명 남짓한 학생들이 3학년 전공실에 모였다.
상급생은 말할 것도 없고 초보인 신입생들이 역량의 차이는 있지만
가히 이로써 탁마상성 한다면 이 또한 장차 면학 풍토의 단서가 될
것이다.

계사년 3월 20일

楷乃經則　해서는 법
萬畫之原　만 획의 근원
雖由篆隸　비록 전예에서 비롯되었지만
八法俱存　영자팔법을 갖추었네

晉唐古昔　진당의 그 옛날
今隸以言　금예라 말하고
兼稱眞正　진서 정서라고 일컬었으니
名亦嬋媛　이름도 아름다워라

不能家廟 　가묘비를 못쓰면
三稿無根 　삼고에도 뿌리가 없고
蘭亭可寫 　난정서를 쓰려면
醴泉須溫 　예천명을 익혀야하네

北魏雄偉 　북위가 웅위하지만
陵角常翻 　능각을 항상 엎기에
或臨行草 　혹 행초에 임하면
自爲嗷嗷 　절로 유창하지 못 하다네

我今請勸 　나 이제 권하노니
唐風活源 　당해는 살아있는 샘
衆法奧秘 　모든 법이 오묘하니
爭先入門 　다투어 입문키를

升堂十載 　10년 후면 승당하고
三旬字論 　30년이면 논 할 수 있고
五旬一字 　50년이면 한 일자를 알아
終脫餘痕 　마침내 여흔을 떨치리니

見淑姬仁英 숙희와 인영이를 만나고

傍晚之際 與祥明女大紫香書道會出身金淑姬朴仁英 再會於仁寺洞 漫長之間 無得相見 足爲三旬餘星霜 於焉之間 當年二十處子 已入知命之歲 於時 回想情款往昔 事事歷歷在目 晤言三旬私事 喜悲浮現於心 兩人同聲曰 二旬光陰 因以圖生及育嬰 今始脫之 將可以時見 又云 自今至於餘年 以遊覽自然 欲爲自娛 是以爲之留念二十八年前三人同行喜方寺之回憶 相約翌月二十七八日兩日間邊山賞春焉

嗚呼 人間相見 或爲參商 或如牛女 然 於今健康百歲時代 不忘之人 必有相會 雖天涯阻隔 何足爲患也

癸巳三月二十三日

저녁 나절 상명여대 자향서도회 출신 김숙희 박인영과 인사동에서 재회 하였다. 오랜 동안 서로 보지 못하기를 족히 30개성상 어언 간에 당시 20세 처녀들이 50줄에 들었다. 이때 정 깊었던 옛날을 회상하자니 일마다 눈에 가득하고 30년의 사적인 얘기를 할 새 희비가 맘속에 떠오른다. 두 사람이 같은 소리로 말하기를 20년 동안의 도생과 애들 교육을 이제 비로소 벗어났기에 장차 가히 때로 볼 수 있겠다하고 또 이제부터 여생에 이르기까지 자연을 유람하는 것으로 자오하고 싶다고 한다.

그래서 28년 전 셋이서 희방사에 동행했던 추억을 기념하기 위하여 다음달 27~8일 양일간 변산 상춘을 약속하였다.

오호라! 인생의 서로 만남이 혹은 상별 같고 혹은 견우직녀 같아도 건강 백세의 시대에 마음에 잊지 않은 사람은 반드시 만남이 있으리라. 비록 멀리 있을지라도 무엇을 걱정할 것이겠는가!

계사년 3월 23일

翠黛於焉中老顏　청춘이 어느덧 중년 얼굴
三旬歲月轉頭間　30년 세월이 일순간이다
情誼往日忘無得　옛 정을 잊지 못해
再會而今還自閑　다시 만난 지금 오히려 한가로와라

行行本處 止止發處 가도 거기 머물러도 거기

培材八八同期圍棋會參席次 以見舊友金漢洙 凡四十星霜後之
相會也 時在辛亥 高校二年之時 同行奉先寺 謁見耘虛大宗師 於
今回憶之 吾兩人也 畢生難忘焉

舊友嘗服務職場十年而後 獨自經營貿易業 夫八年前 卜居於江
原道平昌郡 蓬坪面元吉里 營農之餘 敎之英語於鄉里人 優哉游
哉 欽羨無已

執本天主敎人 佛敎亦熟悉 晤言其中 時吐法門句 行行本處止
止發處之句 尙不離腦裏 蓋將必有以訪其處所也夫

癸巳四月八日

배재 88동기 바둑모임 참석차에 옛 친구 김한수를 만났다. 무릇
40개 성상후의 만남이다. 신해년 고교 2학년 때 봉선사에 동행하여
운허대종사를 찾아뵈었는데 이 기억은 우리 두 사람에게 있어 필생
잊을 수 없는 일이다. 이 친구 일찍이 10년을 직장에 근무한 후 독자
적으로 무역업을 경영하다가 8년 전에 강원도 평창군 봉평면 원길리
에 터를 잡고 영농의 여가에 마을 사람에게 영어를 가르치며 유유자
적한다. 부럽기 그지없다.

본래 천주교인인데 불교도 잘 알아 대화중에 때로 법문구를 토해
낸다. '가도 가도 본래 거기 머물러도 머물러도 떠난 그곳'이라는 선
구가 아직도 뇌리에서 떠나지 않는다.

장차 그곳을 반드시 찾아갈 것이다.

계사년 4월 8일

止止行行留發處　머물러도 가도 가도 또한 그 자리
跑騰佛掌悟空猶　부처님 손바닥의 손오공처럼
浮生以客應來去　부생에 객으로 왔다가는 우리의 인생
茫海流漂無枻舟　망망대해에 표류하는 노 없는 배 같아라

見江宇先生　강우 선생을 뵙고

夫與江宇先生已有所相約於前週　本今日未時頃　與公州大文鍾
鳴教授及姜惠珍宋修英兩博士　欲以拜訪全州大　然　巳時之初　按
以食時　使臨全州如何　先生忽問如此　乃三四教時授業　忽以收尾
遑遑同行而見焉　於是　四人以先生所親造淸酒酬酌兼晤言兩時間
固爲難忘之會矣
昨者　江宇先生有所鑑修三年前拙所爲之百首　欲以上梓　而不得
命之　憑此問之　先生曰　偶然三霜　乃以定之
罷後　文姜兩士　從先生　向講義室　我以宋氏之便　返盆山　復向
首爾　腦裏　終始不離其文姜兩人好學之姿若向學熱烈　暗然深思
不知已到龍山矣

癸巳四月十一日

　　강우 선생과 이미 지난 주에 서로 약속한바 있어 본래 공주대 문
종명 교수 강혜진 송수영 두 박사와 오늘 오후 2~3시경에 전주대
를 방문하려고 했다. 그런데 9시 남짓 식사시간에 맞추어 전주를 오
면 어떻겠느냐고 선생이 갑자기 묻기에 이에 3, 4교시를 주섬주섬
마치고 황급히 동행하여 만났다. 이때에 네 사람은 선생이 직접 만
든 청주를 권하며 얘기하기를 두 시간 진실로 잊을 수 없는 만남이
되었다.
　　전에 강우 선생이 3년 전 내가 지은 백수를 감수한 바 있는데 인쇄
하려니 이름 할 수 없어 이를 틈타 물었다. 선생 왈 우연삼상 이라고
하기에 정하였다. 파한 후 문씨 강씨 두 사람은 선생을 쫓아 강의실
로 향하였고 나는 송씨의 편에 익산으로 돌아와 다시 서울로 향하였
다. 문강 두 사람의 호학의 자세와 향학 열기가 시종 뇌리에 떠나지
않는다. 암연히 생각타가 이미 용산에 이른 것도 몰랐다.

계사년 4월 11일

1)

上網錄化旬年講   인터넷 녹화 십년 강의
未半而今肯自忙   반도 못한 지금 절로 바쁘시다
敎處何時無莫到   가르침 늘 이르지 않음이 없음이여
不從蒙我只遑遑   좇을 수 없는 나는 황급하기만 하구나

2)

敎分忙中除百事   교수 노릇 바쁜 중에도 제백사하고
魁儒尋覓自憂忘   큰 스승 찾아 절로 근심을 잊었었네
卽心千里何爲遠   즉심이면 천리가 어찌 멀리오마는
予不同堂咫尺傍   지척 곁에 계셔도 찾아뵙지 못 하누나

書聖 有以乎　서성, 그만한 이유 있다

北京所在北蘭亭　與國立仁川大學校美術大學結緣一環　北蘭亭
主人張旭光先生主管北蘭亭雅集研討會於仁川大藝學館　　其論題
則王羲之之影響及時代價值　中國側則周俊杰先生司會　張先生爲
首　倪文東梅墨生李松魏哲先生等參席　我方乃文功烈博士任司會
若飜譯　宋鍾寬金熙政宋修英不佞相對　熱烈討論兩時間餘　而共感
王羲之所以爲書聖　又莫論古今　其聲價一如共鳴焉　是時　我所説
之要也者　韓愈所言羲之俗書之誤譯之非　及其反響　又言韓國現書
壇之頹靡也

癸巳四月十二日

　북경에 있는 북란정이 국립인천대학교 미술대학과의 자매결연 일
환으로 북란정 주인 장욱광 선생이 인천대 예학관에서 북란정아집연
토회를 주관하였다. 그 논제는 왕희지의 영향 및 시대가치였다. 중국
측은 주준걸 선생이 사회를 맡았으며, 장 선생을 위시한 예문동 묵
매생 이송 위철 선생 등이 참석하였다. 우리 측에서는 문공열 박사가
사회와 번역을 맡고 송종관 김희정 송수영 내가 상대하여 두 시간
남짓 열띤 토론을 하며 왕희지의 서성인 이유를 공감하였고 또 고금
을 막론하고 그 성가가 한결같다는 것을 공명하였다.
　이때에 내가 말한 요점은 한유가 말한바 희지 속서에 대한 오역의
잘못과 그 반향이며 또 한국의 현 서단의 퇴미를 언급하였다.

계사년 4월 12일

書聖高聲價　서성의 높은 성가는
而今亦一如　오늘도 한결같다
分間猶密密　분간은 밀밀하고
布白乃虛虛　포백은 허허하며
藏露鋒毫忘　장봉 노봉은 터럭을 잊었고
方圓規矩祛　방필 원필은 법도도 버렸다
莫言無質朴　질박함이 없다고 말하지 말라
渠在媚中初　그것도 애당초 연미 중에 있으니

贈文鍾鳴詞伯　문종명 사백에게 주다

公州大學校中文科教授文鍾鳴詞伯　教分煩冗之中　與弟子姜惠
珍博士　去年畢首爾所在古典飜譯院二年課程　而不勝心中所求之
學　每週尋全州　從江宇朴教授浣植先生　聽學部及大學院授業一切
古典飜譯院全州分院之先生講座亦一不遺　今其年五十有八若敎分
奔忙及相距千里而觀　今日所罕見好學之士也　可謂旣知江宇先生
學問之深廣　其中一人也已

癸巳四月十三日

공주대학교 중문과 교수 문종명 사백이 교수 노릇 바쁜 그 중에 제
자인 강혜진 박사와 지난해 서울 소재 고전번역원 두해 과정을 마쳤
다. 그래도 마음에 구하는 학문을 이기지 못하여 매주 전주를 찾아
강우 박 교수 완식 선생에게 학부 및 대학원 수업 일체를 청강하고
고전번역원 전주분원의 선생 강좌도 하나도 빠뜨리지 않는다.

지금 그 나이 58세와 교수의 바쁨 및 천리 길로서 볼 때 오늘날 보
기 드문 호학지사이다. 가히 강우 선생 학문의 깊고 넓음을 이미 아
는 그 중의 한 사람이라고 이를 만하다.

계사년 4월 13일

京全千里路　서울 전주 천리 길을
出入本房然　마치 안방처럼
自解能書遠　자신은 능서의 요원함을 알고
人聞識字淵　남은 학문의 깊음을 듣는다
用功玆切切　힘써 배움 간절하고
好學乃拳拳　호학도 독실
晚節難知悉　만절이 어렵다는 것 알기에
桑楡尋世賢　늦으막에 이 시대 현자 찾았구나

落花吟 낙화를 읊다

日來 於校庭 花齊搖落 其謝百態矣 或枯於枝 或姿霏霏 或有
直下 或如飛蝶是也 落地其姿亦然 木蓮渝色 卽欲掃之 而櫻花如
雪 冬趣回憶 冬柏自別 欲以盛籠 以其濃艷始終一如也 人之末路
若身後 何異於此哉

癸巳四月十八日

　요사이 교정에 꽃들이 일제히 떨어지는데 그 지는 모습이 백태이
다. 혹은 가지에서 마르고 혹은 모습 눈 내리듯 혹은 쏟아져 내리는
것도 있고 혹은 나르는 나비 같은 것들이 그것이다. 땅에 떨어진 그
자태도 또한 그러하다. 목련은 색 바래 쓸어버리고 싶고 벚꽃은 눈
같아 겨울이 떠오르는 흥취가 있다. 동백은 특히 달라 바구니에 담고
싶은 것은 그 농염이 시종 같기 때문이다. 사람의 말로와 죽은 후가
어찌 이와 다를 것인가!

계사년 4월 18일

花落空庭百態陳	꽃 떨어져 빈 뜰에 널려진 여러 모습
隨風滾動惜今春	바람 따라 쓸리며 올 봄을 아쉬워한다
迎春枝末楚楚枯	개나리는 가지 끝에 그대로 말라있고
冬柏根圍耿耿斌	동백은 뿌리 주위에 환히 빛난다
蓮怡腐魚垣下染	목련은 썩어져 담장 아래 물들었고
櫻如飄雪路邊新	벚꽃은 휘날려 길가가 새롭다
形形色色姿相別	형형색색 자태 서로 다르기에
以此方知何置身	내 몸 어떻게 둬야할지를 알겠다

贈菊堂博士 국당 박사에게 주다

今夕以益山歸京次 與菊堂趙盛周博士 會于菊耶田水鄉女士所
運營風月藝家 近間 予不欲相見書家于仁寺洞 遭遇之者 僅三四
而已 菊堂博士爲其中之一也 以其情投意合久矣 博士去年 以五
年間所刻 五吨分量數千顆法華經 使世人不禁驚愕 又以間間大筆
大字前衛 令引耳目 今又役大邱桐華寺二十公尺壁面佛事 日刻百
字 而忘朝暮 孰不可嘆 況其熱情之盍及佛緣之深也哉 夫及其完
工之時 卽又爲膾炙人口也已

癸巳年四月十九日

오늘 저녁 익산에서 귀경 차 국당 조성주 박사와 국야 전수향 여사
가 운영하는 풍월예가에서 만났다. 근간에 내 인사동에서 서가를 만
나고 싶지 않아 만나는 사람이 겨우 서넛이다. 국당 박사가 그 중의
한 사람인데 의기가 투합하기 때문이다. 박사는 지난해 5년간 새긴
5톤 분량의 수천과 법화경으로 세상 사람이 경악을 금치 못하게 하
였다. 또 간간히 대필 대자의 전위예술(퍼포먼스)로 이목을 끈다. 이
제 다시 대구 동화사의 20m 벽면불사를 맡아 하루에 100자를 새기
느라 세월을 잊는다고 하니 누가 감탄하지 않겠는가. 항차 그 열정의
앙양과 불연의 깊음에 있어서 이겠는가! 완공의 때에 이르면 곧 다시
인구에 회자될 것이다.

계사년 4월 19일

熱情何所出　열정이 어디서 나오나
强健那邊生　강건함은 또 어디서 나오는가
石刻無時沒　돌 새김 때 없이 빠져들고
擘窠享譽營　큰 글씨 성예 누리며 경영한다
思惟從審諦　사유는 명백을 따르고
想念脫無明　상념은 무명을 벗었구나
老大逢緣佛　불연을 늙어져 만났으니
方將加被盈　바야흐로 가피 가득하리라

踐約 약속 지키다

今日下午二時於天安　證敝科所出宋蒴婚事後　見朴仁英金淑姬
於此　向邊山所在圓光大臨海修練院　此則所以相守上月二十三日
之約也　薄暮之際　環顧彩石江一帶之餘　珍膾兼一杯　可足以滿喫
春光　是日相會　則所以留念二十八年前三人同行喜方寺也　於是
聽道　此兩人　婚姻以後　初爲同伴　出外而游　其感慨　誰也可得量
之哉

癸巳四月二十七日

　　오늘 오후 2시 천안에서 우리과 출신 송꽃송이 혼사 주례 후 여기
에서 박인영 김숙희를 만나 변산에 있는 원광대학교 임해수련원으로
향하였다. 이는 지난달 23일날의 약속을 지킨 것이다. 저녁나절 채
석강 일대를 돌아보는 여가에 회에다 한 잔을 겸하며 춘광을 만끽하
기에 족하였다.
　　오늘의 만남은 28년 전 셋이서 희방사에 동행했던 것을 기념한
것이다. 이때 듣자하니 이 두 사람은 혼인이후 처음 동반하여 밖에
나와 노는 것이라고 한다. 그 감개를 누구라 가히 헤아릴 수 있었겠
는가.

계사 4월 27일

1)

洹沙相約事	수없는 약속의 일들
守約是常難	지켜냄은 늘 어려운 것
父母兄妻子	부모 형 처자와
朋間師弟間	친구간 사제간에

2)

踐約義相關	약속 지킴은 의리이니
違之作厚顔	어기면 후안무치
雖聯人婦事	비록 남의 부인이라도
孺子一言間	어린애 한 마디 간에도

游禪雲寺　선운사에서 놀다

早晨　緣海邊　踏明沙　行松林　離修練院　沿海長路　經虎棘木群
落　又過興德　到高敞禪雲寺　時適春栢盛開　法堂之右　古梨滿發
各容媲美　無名之草　到處爭榮　賞春之樂　孰勝於此　少焉　向兜率
庵　中途逢六百餘年生名曰長沙松　其聳立參天　歎聲不已　咸願長
年　於焉　尋兜率庵磨崖佛像　三拜後　轉身回頭　齊眉天馬峯　於是
呼吸精和　心身灑落　然　皆勞瘁　不敢登天馬峯　欲下山　會逢下山
巴士　而便乘　是豈非加被乎　方到境內　下車後　通過一柱門　櫛比
露店　召我迎接　以覆盆子汁解渴　以山菜飽食　今日行旅　如此則可
謂恰恰無盡矣

癸巳四月二十八日

　새벽 해변에서 명사를 밟고 송림을 걷다가 수련원을 떠나 해변을
따라 호랑가시나무 군락도 지나고 다시 흥덕도 지나 고창 선운사에
이르렀다.

　때는 마침 춘백이 만개하였고 늙은 배나무도 법당의 우측에 만발
하여 각기 모습을 견주고 무명초도 도처에 다투어 피었다. 상춘의 즐
거움 무엇이 이보다 더하랴!

　얼마 후 도솔암으로 향하다가 중도에 600여년의 그 이름 장사송을
만났는데 그 우뚝함에 탄성을 그만둘 수 없어 함께 장수를 빌었다.
어언간 도솔암 마애불상을 찾아 삼배 후에 몸 돌리고 고개 돌리니 천
마봉이 눈앞에 나란하다. 이때에 맑은 기운 마셔 심신은 쇄락한데 모
두 피곤에 지쳐 감히 천마봉엔 오르지 못하고 하산하려다 마침 하산
하는 버스가 있어 편승했다. 어찌 가피가 아닐까!

　바야흐로 경내에 도착하여 하차 후 일주문을 나왔는데 즐비한 노

점이 우리를 맞이하여 복분자즙으로 해갈하고 산채로 포식하였다.
오늘 여행 이만하면 흡족함이 그지없다 하리라.

계사년 4월 28일

1) 春栢 춘백

幾百齡春柏	수 백 년 춘백나무
含風自謝開	바람결에 절로 지고 핀다
今春來去恨	올봄도 왔다가는 것 한스러워
紅淚落然哉	붉은 눈물 흘리듯 하는가

2) 梨花 배꽃

禪雲來往處	구름 오가는 곳
俗客亦來游	속객도 와서 논다
一見前身化	일견에 나의 전신
何須賞憶留	하필 완상의 기억 남기리

3) 長沙松　장사송

六百歲盤松　6백세의 반송
參天大扇容　치솟은 큰 부채꼴
克生經戰火　전쟁을 거치고도 꿋꿋하니
劫緣吉地逢　억겁 인연 길지를 만났구나

4) 磨崖佛　마애불

千年彌勒佛　천년 미륵불
俯察俗沙婆　굽어 사바 살피는 듯
寧忍風霜惡　모진 풍상 견뎠겠지만
人非耐幾何　사람 못된 것 얼마나 참으셨을까

者字有感 '자'자 유감

某有名專欄報道人 以號稱有感之題 寫一專欄於今日字朝鮮日
報A30面 曰 看護員一詞 不知不識之間 其員改師 而與醫師敎師
等 爲同等之位 博士木手公務員 雖事專業 以其士手員 相異尊卑
兼曰辯護士判檢事之士事間 頗有差別 盖事枉付勞役然 又曰於呼
稱也 猶有所憾者 則科學者爲最 比與藝術家 何必賦與者字乎 學
者記者亦然 但以學家記家稱之 頗爲語塞 呼科學家亦可矣云
夫自李明博大統領當選時 從來常用當選者 稍稍改稱當選人 去
年朴槿惠時 已泯者字 不禁失笑 今看此文 茫然不已 然則先覺者
先驅者勝者敗者著者讀者前者後者强者弱者往者來者或者某者殺
人者逃亡者 將咸易之 人或家字可乎 人只知之 或卑下及辱罵之
意 看過以人稱普通名詞 空用之枉寫之 總以其不學漢文 只專用
韓文耳 噫

癸巳四月三十日

모 유명 칼럼리스트가 호칭 유감이라는 제목으로 오늘 자 조선일
보 A30면에 박스 기사를 썼다. 이르기를 간호원을 부지불식간 '원'을
'사'로 고쳐 의사 교사 등과 동등의 지위가 되었다하고 박사 목수 공
무원을 비록 일은 전문업지만 그 '사''수''원'으로 존비가 상이하다고
하였다. 아울러 변호사 판검사의 '사'와 '사' 사이에 자못 차별이 있는
데 아마도 노역을 잘못 부여한듯하다고 하였다.

또 호칭에 있어서 유감이 있는 사람은 과학자가 제일일거라 하면
서 예술가와 비교하면서 하필 '자' 자를 부여했냐고 하였다. 학자 기
자도 또한 그렇다고 하고 다만 '학가' '기가'라고 칭하면 자못 어색하
지만 과학가는 괜찮을 거라고 하였다

대저 이명박 대통령 당선 때로부터. 종래에 상용하던 당선자를 점점 당선인으로 개칭하더니 작년 박근혜 때에는 이미 '자'자가 사라져 고소를 금치 못하였다.

이제 이글을 보니 망연키 그지없다. 그렇다면 선각자 선구자 승자 패자 저자 독자 전자 후자 강자 약자 왕자 내자 혹자 모자 살인자 도망자를 모두 '인'자 혹 '가'자로 바꾸는 것이 가능할까?

사람들 다만 알기를 혹 비하 및 욕의 뜻으로 알뿐 인칭보통명사라는 것을 간과하고 잘못 사용하고 쓴다. 모두 한문을 배우지 않고 한글만 전용하기 때문일 따름이기에 한탄스럽다.

계사년 4월 30일

1)

者字含何意　‘자’자의 함의
人猶辱罵知　사람들 욕으로 안다
師家人士可　‘사”가“인”사’자들은 괜찮다 하고
只解貶低詞　다만 폄하의 말로 안다

2)

或人能改者　혹 ‘인’자로 바꿀 수도 있고
者枉改人瑕　‘인’으로 하면 하자가 될 수도
詩文人用久　시나 문에는 ‘인’을 쓴지 오래
然而勝者何　그러나 승자의 ‘자’는 어찌 한담

3)

何須當選者　하필 당선자를
世枉小人方　세상은 소인에 비기려는가
常用稱詞改　상용의 말을 바꾸면
惟含氣味荒　기운과 맛의 함축이 허황할 뿐

4)

誤語日浮浮　잘못된 말 날로 부화한들
誰人怨又尤　누굴 원망하고 누굴 탓하랴
無方無可奈　방법도 없고 어찌할 수도 없으니
總不學文由　모두 글을 배우지 않은 때문인걸

文化財委員被選 　문화재위원에 뽑히다

　今月吉日 文化財廳委囑文化財委員七十九人若專門委員一八九
人 去兩年間 一爲專門委員 二年瓜滿 再爲提升 而新任委員於動
産文化財分科 拙名登載於今日字朝鮮日報 信莫非光榮也
　七日火曜 贈任命狀於古宮博物館云 近日有身分照會 以之見選
若非重任 豈爲然哉 將盡丹誠 則無有大過 惟戒愼恐懼而已矣

癸巳五月三日

　이번 달 초하루 문화재청이 문화재위원 79명과 전문위원 189명을
위촉하였다. 지난 두 해 동안 전문위원이 되어 2년 임기를 마치고,
다시 승격하여 동산문화재분과에 새로 위원을 맡았다. 내 이름이 오
늘자 조선일보에 실렸다. 진실로 광영이 아닐 수 없다.
　7일날 화요일 고궁박물관에서 임명장을 준다고 한다. 근자에 신원
조회가 있었고 이로써 선발되었는데 만약 막중한 책무가 아니라면
어찌 그리 했을까? 장차 진심을 다한다면 큰 잘못이야 없을 터 오직
경계하고 삼가고 두렵고 두려워할 뿐이다.

계사년 5월 3일

1)

文化財委員　문화재위원
職分渠在何　직분이 그 어디에 있나
指定及解除　지정도 하고 해제도 하고
搬出管又荷　반출을 관리도 하고 책임도 지니
調査莫草率　조사를 적당히 할 수 없고
審議無差訛　심의도 어기고 잘못되면 큰일

2)

分科九俱重　아홉 분과 모두 중요치만
動産愼於何　동산분과 무엇보다 신중하다
古董多贗作　골동품에 가짜 많아
是以險棘多　때문에 위험도 많다
若非心志正　만약 심지가 바르지 못하면
私蔽公自譌　사에 가리워 공이 잘못되기 일쑤

3)

兩年任期短　두 해 임기는 짧지만
好古足琢磨　옛 것 좋아 탁마할 수 있으니
光陰愛且惜　광음을 아끼고 아껴
戒之枉蹉跎　때 놓침을 경계하고
丹誠臨之盡　진심으로 임하기를 다하면
眼光成熟多　안목의 성숙 있으리라

獻崇禮門   숭례문에 올리다

歲在戊子二00八年二月 枉被回祿 國寶第一號崇禮門 重修着手
後五年三個月 已而復舊焉 今日下午二時 文化財廳擧行復舊紀念
典禮 竊看 其威容雄壯 無比於前日 而維持國寶一號之地位 自明
天童蒙日 開放於民云
　夫雖爲防火之策 火災感知機自動噴射機監視電視等置之云云 而
其人害 孰能禦之 百世保全 但以祈願耳

癸巳五月四日

　서기 2008년 무자 2월에 화재를 당한 국보 제1호인 숭례문이 중
수 착수 후 5년 3개월 만에 이윽고 복구되었다. 오늘 오후 2시 문화
재청은 복구 기념행사를 거행하였다. 보아하니 그 위용이 웅장하지
만 전날에 비할 수 는 없는데 국보 1호의 지위는 유지하며 내일 어린
이날부터 국민에게 개방한다고 한다. 비록 화재를 막기 위하여 화재
감지기 자동분사기 감시카메라 등을 설치했다고는 해도 그 인재를
누가 막을 수 있으리오! 백세보전을 기원할 따름이다.

계사년 5월 4일

崇禮舍藏經五載　숭례문 몸 감추길 다섯 해
千年悲壯告乾坤　천년의 비장함 건곤에 고했도다
護身城郭東西竪　호신으로 성곽을 동서로 세우고
感火器機左右存　불 감지 기구 좌우에 두었도다
懸板體形謨復本　현판 형체 복원을 도모하였고
丹靑彩色策歸原　단청의 색채 귀원을 꾀하였도다
而民隱寓知多少　백성들 숨은 뜻 얼마나 알리오
供養燒身是直言　소신공양 이것이 직언이였도다

拜見姑母 　고모를 뵈옵고

如今日本東京所居住永淑四姑暫歸 昨日與杜龍長兄 會同於永愛
季姑所住議政府所在公寓 此考妣葬禮時相見後二十五年 於是 喜
悅甚極 携手相久 而不釋兩手 嗚呼 同姓天親之血肉 恒如此者乎

癸巳五月五日

지금 일본 동경에 사는 영숙 넷째 고모가 잠시 귀국해서 어
제 주룡 장형과 영애 막내 고모가 살고 있는 의정부소재 아파
트에서 회동하였다. 이는 할머니 돌아가신 후 25년만이다. 이
때에 기쁨이 심히 지극하여 서로 손잡기를 오래되어도 놓을
줄을 몰랐다. 오호라! 성씨가 같은 혈육이란 늘 이와 같은 것
인가?

계사년 5월 5일

四海一家宣聖陳	사해일가는 공자님 말씀
然而不共惡蘇人	그래도 미운 사람과는 같이 할 수 없어라
夫雖到處相親在	비록 도처에 가까운 사람 있다 해도
血肉之親無上親	혈육의 가까움이 무상의 가까움

過淸溪燃燈 청계천의 연등을 지나며

迎以佛紀二五五七年佛誕節 光化門淸溪川等 鐘路一帶 設置形
形色色之佛燈 此可觀於晝間 夜間尤爲好戲之資 至於到處 蕭索
險路 亦爲明亮 都心一時蛻變 然 千年歲時風俗 如此美哉 亦有
以爲不快之人 惜哉

癸巳五月十五日

불기 2557년 불탄절을 맞아 광화문 청계천 등 종로 일대에 형형색
색의 불등을 설치하였다. 주간에도 볼만하고 야간엔 더욱 즐길 거리
이다. 도처에 이르기까지 침침하고 험한 길을 밝게 하여 도심이 일시
에 변하였다. 그러나 천년의 세시풍속이 이같이 아름답건만 또한 불
쾌하게 여기는 사람도 있으니 아쉽다.

계사년 5월 15일

1)

形形色色滿燃燈	형형색색 가득한 연등
蛻變都心實可觀	도심을 확 바꿔 놓으니 볼만하다
千載歲時風俗事	천년의 세시풍속의 일
人多嫌惡乃心酸	혐오하는 사람 많으니 마음 아프다

2)

聖誕點燈來歷算	성탄절 트리 내력 세어보니
歷年周甲不過間	60년에 불과한 세월
一人專擅承收事	한 사람의 전횡으로 이어져온 일인들
世變如今誰枉訕	변한 세상 지금에 누가 비방하던가

六十生朝   회갑을 맞아

今日卽佛紀二五五七年佛誕節 又爲吾六十生朝 凌晨三時 起寢
而坐 六十感懷掩襲 暗然浮見昔日此時 慈親産苦 彼日寅時 自祖
父以至於姉 咸悅我生 而猶一不報其悅 只在一姉二兄外 皆已往
生 兩弟亦在冥府 愈念愈淚 嗚呼 亡靈俯視 三長常望 不可不愼
  先考曾以善心善道善行 爲家訓 自今而後 三善之訓 拳拳服膺
惟日孜孜 畢生從之矣

癸巳五月十七日

오늘은 불기 2557년 불탄절이고 또 나의 60회 생일이다. 새벽 3
시에 일어나 앉으니 60 평생의 감회가 엄습하고 그 옛날 이때 어머
니의 산고가 어렴풋 떠오른다. 그날 인시 조부로부터 누나에 이르기
까지 모두 나의 태어남을 기뻐했을 텐데 아직까지 조금도 그 기쁨에
보답하지 못하였다. 다만 누나와 두 형만 남고 모두 왕생하셨고, 두
아우 역시 명부에 있기에 생각할수록 더욱 눈물만 난다.
  오호라! 돌아가신 혼령이 굽어보시고 세 윗분이 늘 바라보고 있는
터 가히 삼가지 않을 수 없다.
  선고께서 일찍이 선심 선도 선행으로 가훈을 삼으셨는데 오늘 이
후로 그 '삼선'의 교훈을 오직 날마다 부지런히 가슴에 새기고 필생
따르련다.

계사년 5월 17일

1)

端坐茫然想　　단정히 앉아 망연히
昔日産苦情　　옛날 산고의 모정을 생각 한다
臆測咸歡喜　　억측컨대 모두 기뻐했을 터
血淚下爲晶　　소리 없는 눈물 수정이 되었으리

2)

人人祝佛誕　　사람들 불탄을 축하하며
喜氣洋洋迎　　기쁨으로 맞을 적에
我亦生節日　　나도 이날 나왔으니
佛緣深自呈　　불연 깊음이 절로 드러난 것

3)

父曾命柱善　　아버지 주선이라 이름 지으시고
常言道心行　　늘 선심 선도 선행을 말씀하셨다
曾不從嚴訓　　일찍이 엄부의 가르침을 따르지 못하였네
踐行竭敬誠　　행동으로 옮기고 삼가 진실을 다하라는 말씀

4)

區區羞周甲　　못난 놈 회갑이 부끄럽다
耳順何可營　　이순을 어찌 경영할까
志學只從好　　학문에 뜻 두어 다만 좋아하는바 따르며
事資尊顯成　　집안 섬겨 조상에 효도 이루리라

寄李秀貞 이수정에게

　小河李秀貞 敝書藝科以優等畢之 而今於韓國學中央研究院 專攻美術史學也 大韓民國漢字敎育硏究所李理事長權宰先生令愛 每事勤實 聰明叡智日日孜孜 子愛久矣

　曩者 獲一等獎於華虹大展 以此一環 自上月二十六日 至於三十日 以書藝篆刻作品四十點 將行特別招待展於中國廣東省茂名市 爲此展示 以銀粉草書 寫大學全文於八幅屛條 尾幅偶然爲空白 是以囑我塡之 乃識跋文 而應之也

　於是 我亦以銀粉 書於紺紙 此爲初試鋒芒矣 然 工拙何計 只其成事 以爲巧遇而已矣

癸巳五月十八日

　소하 이수정은 우리 서예과를 우등으로 졸업하고 지금은 한국학중앙연구원에서 미술사를 전공한다. 대한민국 한자교육연구소 이 이사장 권재 선생의 여식으로서 매사에 근실하고 총명예지로 날로 열심이라 자식같이 사랑해온지 오래다.

　접때 화홍대전에서 장원을 하여 이 일환으로 다음달 26일부터 30일 까지 서예와 전각작품 40점으로 중국 광동성 무명시에서 특별초대전을 행한다고 한다. 이를 위하여 은분 초서로 여덟 폭에 대학전문을 썼는데 마지막 폭이 우연히 공백이 되어 이로써 나에게 메우기를 부탁하기에 발문을 지어 응하였다. 이때에 나도 은분으로 감지에다 썼는데 이는 처음 시도해보는 붓끝이었다. 그러나 공졸을 하필 계산하겠는가! 다만 그 성사가 공교로운 기회라고 여길 뿐이다.

계사년 5월 18일

1)

把筆四年鋒芒馺　붓 잡고 4년간 봉망을 부리다가
義理推尋又兩年　이치 연구 또 두 해
書香門第自承襲　선비 가문의 전통이어
日日孜孜偲偲連　날마다 열심 갈고 닦기를 이어 왔네

2)

有其夫必有其子　그 아버지에 그 딸
隮身斯界何偶然　서예계에 몸담은 것이 어찌 우연이리
將得造就曾自誓　장차의 성취를 일찍이 맹세했고
品學兼優夢綿綿　품학겸우 끊임없이 꿈꿔왔다네

3)

弱冠何望上乘境　약관에 어찌 상승경지 바라랴만
勉之不已可期旆　힘쓰기를 그치지 않으면 기약할 수 있는 것
早熟早達只謹戒　조숙 조달을 다만 삼가 경계하면서
書聖同歸求敬虔　서성과의 동귀를 경건히 구하게나

4)

須成斯文名家業　모름지기 선비로서 명가의 업 이루어
韓中交流大任牽　한중 교류의 대임 이끌고
臨池槿域中興負　우리 서예의 중흥을 짊어지고
銘心隱寓傅心傳　사부의 전하는 숨은 뜻을 잘 새기거라

初受喜錢 처음 용돈을 받고

家兒昊延因以國文學兼社會兒童福祉學 複數專攻於圓光大 四
年其間 終未取七學點 而不得畢業 然 按其學則內規 如旣就業
則於殘餘學期 只爲受講申請 而不履受業 亦賦學點 而使卒業
　比來 阿昊畢九學其後 棄絶專攻 猝然 學咖啡條理技術 而取得
資格證 卽入良才洞所在某咖啡店 朝暮往來 如稱心而恰足然 一
籌莫展也
　今日爲我華甲及猶子承範生日 兄弟若其眷屬十八人 會同於一
山所在某自助餐食堂 於是 阿昊初受薪金云云 而予以喜錢七萬圓
始承受零花於子 一驚一喜 然 非無挂念 以其廢學業而附和時流也
癸巳五月十九日

　호연이가 원광대에서 국문학 겸 사회아동복지학 복수전공으로 인
하여 4년 동안에 끝내 7학점을 따지 못하여 졸업을 못하였다. 그러
나 학칙내규에 의하면 만일 취업을 하면 잔여학기에 단지 수강신청
만으로 수업을 이수하지 않아도 학점을 부여하고 졸업을 시킨다.
　근래 호연이가 9학기를 마친 후 전공은 던져버리고 갑자기 커피조
리기술을 배우고는 자격증을 취득하여 곧 양재동 소재 모 커피점에
들어가 조석으로 왕래하는데 맘에 맞아 흡족한 것 같다. 어찌해 볼
도리가 없다. 오늘 나의 회갑과 무불 아들 승범이의 생일을 위하여
형제들과 그 권속들 18명이 일산에 있는 모 뷔페식당에서 회동하였
다. 이때에 호연이가 월급 받았다고 하면서 용돈 7만원을 주었다. 자
식한테 처음으로 용돈을 받으며 한편 놀랍고 한편 기뻤다. 그래도 마
음에 걸림이 없지 않음은 학업을 버리고 시류를 따른 것 때문이다.
계사년 5월 19일

喜錢承於子　자식에게 용돈을 받고
驚喜迭於玆　놀라움과 기쁨이 갈마든다
一驚已長大　놀람은 이미 성장했다는 것
一喜感親孶　기쁨은 기른 공을 생각한다는 것
灰心亦所係　낙심이 얽매이는 것은
四載徒勞爲　4년 전공이 헛되다 여기기에
時流空附和　시류에 휩쓸려
慌促爲小玼　성급한 것이 작은 하자라고 할까
工夫非一切　공부가 다는 아니지만
先作人間宜　먼저 인간이 되어서
親燈讀古典　등 아래 고전 읽으면
叡智增自隨　예지에 보탬이 따를 것이거늘
人生漫長路　인생 긴 여정에
轉益多爾師　많은 경험이 곧 스승
不負書香第　선비집안 저버리지 말고
須持正心思　바른 마음 견지키를

臨集安高句麗碑　집안 고구려비를 임서하며

　時在去年壬辰之夏　高句麗石碑　出於吉林省集安市麻線鄉河邊
迨於今年一月四日字中國文物信息岡所載吉林集安高句麗碑記事
以問世　於玆　初以爲贋作　或疑東北工程之僞物　已而中國學者張
福有耿鐵華孫仁杰等　出其釋文以證麗物　闡明歲在丁卯西元四二
七長壽王十五年刊石者　多從其說

　碑高一七三釐米　寬六六　全文記之十行於圭形粉黃色華岡石　每
行二十二字凡二百十有八字　可讀字近一百四十　其內容則創基繼
胤烟戶祭祀追述修復賣買與罪等　與廣開土王陵碑　相聯可知　書體
言之　字畫亦通陵碑　頗具波勢　能測後立　然　不見榻本　無論碑身
惜乎

　敝科書藝文化研究所金石文研究會鄭鉉淑博士　帶李順泰趙美英
李殷率黃仁鉉等博士班研究生四人　以新發見集安高句麗碑判讀及
書體檢討之題　舉行發表會　於是　我擔判讀碑文　乃爲留念於此　臨
可讀之字　又添題跋而贈之

癸巳五月二十三日

　작년 임진 여름 고구려석비가 길림성 집안시 마선향 천변에서 나
왔다. 금년에 이르러 1월 4일자 중국문물 포털싸이트에 실린 길림집
안고구려비란 기사로 세상에 알려졌다. 이에 처음에는 안작으로 여
겼고 혹은 동북공정의 위작이라고 의심되었지만 마침내 중국학자 장
복유 경철화 손인걸 등이 석문은 내어 고구려의 물건으로 증명하고
정묘 서기 427년 장수왕 15년 새긴 비석이라 천명하여 대부분 그 설
을 따랐다.

　비의 높이는 173cm 너비는 66cm인데 전문을 규형의 분황색 화강

암에 열두 줄을 기록하였다. 매행 22자이며 모두 218자인데 근 140 자를 읽을 수 있다. 그 내용은 창업의 계승 연호의 제사 수복의 추술 매매의 죄 부여 등인데 광개토왕릉비와 서로 연관됨을 알 수 있다.

서체로 말하면 자획이 능비와 통하며 자못 파세가 갖추어져있어 능비보다 후에 세운 것임을 가늠할 수 있다. 그러나 탑본조차 못 보았는데 비신은 말할 것도 없어 아쉽다.

우리과 서예문화연구소 금석문연구회 정현숙 박사가 이순태 조미영 이은솔 황인현 등 박사반 연구생 네 사람을 데리고 신발견 집안고구려비 판독 및 서체검토라는 제목으로 발표회를 가졌다. 이때에 나는 비문 판독을 맡았는데 이를 기념하기 위하여 읽을 수 있는 글자를 임서하여 제발을 달아 그들에게 주었다.

계사년 5월 23일

吾先寫字集安碑 　우리 선조가 쓴 집안 고구려비
自別中華率意姿 　중국과 절로 구별되는 솔진의 자태
不見碑身尤眷戀 　비신도 못 봤기에 더욱 간절해
遠思凹畫試臨噫 　멀리 획 그리워하며 임하자니 탄식

昌德宮書懷　창덕궁의 감회

是日金曜 自益山歸京 今夕傍晚五時半 將守與東國大文科中國
人留學生文會相會於仁寺洞之先約 猶在兩三時間 是以 先入昌慶
宮而徘徊 至於通明殿左上 再買票三千圓 入昌德宮也

今以來此 往日稱之秘苑時 故家弟柱樑 以市立合唱團一員 參
加集會於此 彼日陪慈親而尋之後四十五年矣 於是 忽然想起 與
培材同班之友辛炯寅外 姑從壽彰兄 技英妹 時來滑氷矣 彼時也
此地有金一摔跤道場 不知其處 滑氷處亦不知其所 滄桑如今 總
爲隱隱約約之追憶也已

而今到處 外國人觀光客若初等生見學者等 相雜而嘈亂無已 門
亭樓殿懸額工書 我獨醉之 又有間間芍藥滿開 迷其香姿 布穀硬
咽之中 其感懷記之 愴然涕下 於焉之間 固不知約會時之卽至矣

癸巳五月二十四日

　이 날은 금요일 익산에서 귀경했는데 오늘 저녁 나절 다섯시 반에
동국대국문과 중국인 유학생 문회를 인사동에서 보기로 한 선약을
지키려니 아직 두세 시간이 남았다. 그래서 먼저 창경궁에 들어가 배
회하다가 통명전 왼쪽위에 이르러 다시 3000원에 매표하고 청덕궁
으로 들어갔다.

　오늘 여기 온 것은 전날 비원으로 칭할 때 고인이 된 동생 주양이
가 시립합창단 일원으로서 여기서 집회에 참가했는데 그날 어머니를
모시고 찾은지 45년만이다. 이때에 홀연 배재중 같은 반 친구 신형
인 외에 고종 수창 형 기영 누이와 때로 와서 스케이트 타던 생각이
난다. 그때에 여기에 김일 레스링도장이 있었는데 그곳을 모르겠고
스케이트 타던 곳도 그 장소를 모르겠다. 상전벽해의 지금 모두 아련

한 추억일 뿐이다.

　도처에 외국인 관광객과 초등 견학생 등이 서로 섞여 시끌벅적한
데 문과 정자 누각과 전각의 현액에 나 혼자 도취되고 또 간간히 작
약이 만개하여 향과 자태에 넋을 잃었다. 뻐꾸기 울어대는 가운데 그
감회를 적으려니 슬퍼 눈물이 난다. 어언간 약속시간이 곧 이른 것도
몰랐다.

계사년 5월 24일

1)

日帝卑稱玆秘苑	일제가 낮추어 부른 비원
滄桑修改復王宮	상전벽해처럼 개수하여 복원된 왕궁
門門殿殿莊嚴氣	문마다 전각마다 장엄한 기상
徑徑池池安穩風	길마다 못마다 안온한 풍모

2)

懸額工書騷客悅	현액의 잘 쓴 글씨 소객은 기쁘고
好花香韻旅人叢	좋은 꽃향기에 행려들도 한 떨기
茫然往事孤回憶	망연히 지난날 외로이 회상하누나
布穀朋來嗚咽中	뻐꾸기 벗같이 와 목 놓아 우는 가운데서

新生書痕　신입생의 글씨

　　敝科學會長團剪彩在學生作品展　此乃學生自治活動　又爲年例
行事　久矣　每感年次工夫懸隔之差　換言之　四年生卽所有四年生
之水平　三年生亦然　一年生不問可知云爾
　　今年新生　三十八名中　弄筆經驗者　僅有七八　其七八人　亦多爲
門徑而已　於今學期　子若藏山居士　教九成宮醴泉銘　每値冒汗　都
是敝科　凡八年間　枉馳實用一路之果
　　玆以環顧出品之作　新生筆痕　大小參差　七扭八歪　然不側目矣
我誠老大也夫

癸巳五月二十九日

　　우리과 학회장단이 재학생작품전을 개막하였다. 이는 학생자치활
동으로서 연례행사가 된지 오래다. 매년 년차 공부의 현격한 차이를
보여준다.
　　바꿔 말하면 4학년은 4학년의 수준이 있고 3학년도 그러하고 1년
생은 불문가지라고 하겠다.
　　올 신입생 38명 가운데 붓을 만져 본 경험자는 겨우 7,8명인데 그
7,8명 또한 거의 초심일 뿐이다. 이번 학기에 나와 장산거사가 구성
궁 예천명을 가르치는데 매번 진땀을 뺀다. 모두 우리 과가 8년간 실
용노선을 달려온 결과이다.
　　이에 출품작들을 둘러보니 신입생들의 필흔이 큰 자 작은 자가
들쭉날쭉 꾸불꾸불하다. 그래도 흘겨보지 않으니 나도 정말 늙었나
보다.

계사년 5월 29일

學部四年年次別　학부 4년차가 뚜렷
一期功力莫爲輕　1년의 공력을 가벼이 볼 수야
爾曹今日淸溝似　너희들 지금 맑은 개울 같으니
不映汚渠正路程　행여 오염되지 말고 노정을 바로 하세

優勝獎小品 우승상 소품

昨者 自培材八八同期棋友會張會長容來 來電曰 所藏君書 同
期希冀 每次以小品授與優勝者如何 乃快而諾之 是以 寫日日是
好日 是品爲朴學哲所歸也
　作品雖拙而又鄙 何得替獎 乃若非故交同窓間之事 絶不成之
而自以爲享分友情 何羞之有

癸巳六月一日

　전날 배재 88동기 바둑모임 장 회장 용래한테 전화가 와 이르기를
자네 글씨를 소장하기를 동기들이 희망하는데 매번 소품을 우승자에
게 수여하면 어떨까라고 하여 쾌히 승낙하였다. 그래서 '日日是好日
(날마다 좋은 날)'을 썼는데 오늘은 소품이 박학철한테 돌아갔다. 작
품이 비록 졸렬 비루할지라도 어찌 상을 대신하리오만 만약 오래 사
귄 동창간의 일이 아니면 절대로 이루어질 일이 아니다. 스스로 우정
을 나눈다고 여긴다면 무슨 부끄러움이 있겠는가?

계사 6월 1일

翰墨焉能捐獎品　소품으로 어찌 상을 대신하랴만
只爲信物故人情　우정의 징표로서 친구의 마음이기에
若非八八同期事　만일 88동기의 일이 아니었다면
薄倖名留卻不成　박정하다는 이름을 남길지라도 안될 일

江宇先生枉臨益山

강우 선생이 익산에 왕림하여

今日午時之初 江宇先生執以中庸古本一卷 而惠臨益山 今此款
彎 爲祝還甲也 少焉 尋學校附近西部生鮮家 一觴一談 暢叙幽情
先生之於我也 每以彷彿多情之執 而恒爲指南 桑楡暮年 何幸如此
乎 午餐之餘 適於寶物指定件十七世紀鄭經世先生所寫聖庭契帖
或有不知 問而釋之 先生每以文脈讀亂草 以之痛感學文之力焉

癸巳六月四日

오늘 11시 남짓 강우 선생이 중용 고본 한 권을 들고 익산에 왕림
했다. 오늘의 발걸음은 내 환갑을 축하하기 위해서였다. 얼마 후 학
교 부근 서부생선가를 찾아 한 잔도 하고 대화도 하며 쌓인 정을 맘
껏 털어 놓았다. 선생은 나에게 있어 매양 다정한 친구 같으면서 늘
지남이 된다. 늘그막에 무슨 행운인들 이만할까?

점심의 여가에 마침 보물 지정건 17세기 정경세 선생이 쓴 성정계
첩에 혹 모르는 것이 있어 물어서 풀었다. 선생은 매차 문맥으로 어
지러운 초서를 읽기에 이로써 학문의 힘을 통감한다.

계사년 6월 4일

如今第一學文誰	오늘의 제일가는 한학자는 누구냐고
問卽須言江宇師	물으면 모름지기 강우 선생이라 하리라
蠅附虎鼻千里往	파리 호랑이 코에 붙어 천리도 간다하니
跟踪將可免遲遲	자취 따라 장차 지지부진 면했으면

賀呈韓國書藝家協會展

한국서예가협회전에 부쳐

水曜下午五時 有第四十八會韓國書藝家協會展剪彩 因此 暫闕
授業 火急上京 以會長身分 爲之賀詞 而回憶所謂解放後一世代
前輩 感慨係之矣

今次 無慮八十二人出品 可謂盛展 亦不問系派 莫論三團體 各
以有所穿鑿 超群又絕倫 白眉於書壇 何不愛之哉

癸巳六月五日

수요일 오후 5시에 제 48회 한국서예가협회전 테이프 컷팅이 있어
때문에 수업을 뒤로하고 급히 상경하였다. 이에 회장신분으로 축사
를 하였는데 소위 해방 1세대 선배들이 회억되어 감개가 이에 얽매
인다.

이번에 모두 82분이 출품했다. 가히 성전이라 이를만하다. 또한
계파를 불문하고 세 단체도 막론하고 각각 파고들은 바로써 무리를
초월하고 또 빼어나 서단의 백미이다. 어찌 아끼지 않을까보냐!

계사년 6월 5일

命名最佳吾協會　이름이 제일 좋은 우리 협회
內實亦然名聲然　내실도 그러하고 명성도 그러하다
前輩啓迪三十載　선배님들 30년을 이끌었고
晚生承繼二旬年　후배가 20년을 계승하고 있다
系派團體玆不問　계파도 단체도 묻지 않고
各惟所鑿各惟穿　각자가 오직 파고 팔 뿐이다
銀鉤已屣荒凉際　서예가 헌신짝 같이 황량한 때에
重興旗幟於此懸　중흥의 기치가 여기에 달려있다.
只充學文補正法　단지 학문을 채우고 정법을 더하여
拂拭鍾王誣罔愆　종요 왕희지를 무망하는 잘못 불식시키고
韓文諸體亦窮變　한글 서체에도 변화 구해
白眉超群後生傳　백미의 빼어남 후생에게 전하자

聖庭契帖有感 성정계첩 유감

聖庭契帖寶物指定調査次 與文化財廳有形文化財課金景美學藝
研究士 會同於韓國學中央研究院藏書閣 少焉 再與安承俊藏書閣
責任研究員同席而相論其內容及價值焉

於是 披其契帖 一張會圖 格度稚拙 篆五賢從祀廟庭參禮圖九
字 氣體靡弱 又有寫字官所寫其執事三十八人名號品階等 亦如算
子而己

夫鄭經世先生所書序跋 已載於愚伏集卷十五 觀其筆致 得知眞
品 是乃去今 四百年者 卽爲寶物 亦無所疑 然 與所添附者而視
成事與否 不可知矣 誠不如只有序跋單本 嗟乎

癸巳六月七日

성정계첩의 보물조사차 문화재청 유형문화재과 김경미 학예연구사
와 한국학중앙연구원장서각에서 회동하였다. 잠시 후 다시 안승준
장서각 책임연구원과 동석하여 서로 그 내용과 가치에 대해서 논하
였다.

이때에 계첩을 펴니 한 장의 모임의 그림이 격조가 치졸하고 전서
로 쓴 '오현종사조정참례도' 9자가 기상과 체세가 미약하고 또 사자
관이 쓴 집사 38인의 명호와 품계가 있는데 또한 주산 알 같이 천편
일률일 뿐이었다.

저 정경세 선생이 쓴 서발은 이미 우복집 15권에 실려 있고 그 필
치를 보면 진품임을 알 수 있다. 이는 거금 400년의 것이기에 보물
이 되기에 의심할 바 없지만 그러나 첨부된 것과 더불어 볼 때 성사
를 가늠할 수 없다. 실로 단지 서발 단본만 있는 것만 못하기에 탄식
이 나온다.

계사년 6월 7일

1)

翰墨久藏而問世　한묵이 오래 숨었다가 세상에 나와서
可爲眞寶察當嚴　보물감이라 해도 응당 엄밀히 살펴야
會圖九篆空辜負　그림 9자의 전서가 저버림이 되었구나
寧單序跋立新添　단독의 서발이었다면 보물이 될 것을

2)

工巧文章雅草兼　빼어난 문장에 전아한 초서
晚生欽羨所霑霑　만생은 득의양양 부러워라
如今絃誦無踪跡　이제는 학교교육에 자취조차 없으니
寶物將爲孰仰瞻　보물인들 장차 누가 우러러 보겠는가

始占末席　처음 말석을 채우다

上月　初爲動産文化財分科委員以來　始占末席於國立古宮博物
館所擧行委員會議　是乃每偶數月二週次木曜會議一環也　於是　海
印寺內典隨㘄音疏木版等四件指定而爲寶物　又准許國寶第二八三
號通鑑續編等五件之補修矣　此卽爲增長見識之好機　且朴文烈委
員長所主管會議　其周密幾時間　亦爲工夫之資矣

癸巳六月十三日

지난달 처음 동산문화재분과위원이 된 이래 국립고궁박물관에서
거행된 위원회의에 처음으로 한 자리를 채웠다. 이는 매 짝수 달 2주
차 목요일 회의의 일환이다. 이때에 해인사내전수함음소목판 등 4건
을 지정하여 보물을 만들었고, 또 국보 제283호 통감속편 등 5건의
보수를 허락하였다. 이는 곧 견식을 더하는 호기가 되었고, 또 박문
렬 위원장이 주관하는 회의의 그 주밀한 몇 시간도 또 공부꺼리가 되
었다.

계사년 6월 13일

1)

動産分科職種多　동산분과에 직종도 많아라
書工書誌古文挈　서예 공예 서지 고문서를 어루만지는 이들
專攻佛學陶丹史　불학 도자 회화사를 전공하는 이들
都是功夫資琢磨　모두 내 공부요 절차탁마의 바탕이어라

2)

國事施行嚴重席　나랏일 시행하는 엄중한 자리
始終緘口第從容　시종 함구하고 다만 조용히
今雖無奈何新手　지금야 비록 어찌할 수 없는 신참
見識高增有日供　견식을 높이고 넓히면 이바지할 날 있겠지

東方明珠塔 懸空廊   동방명주탑 현공랑

迎暑假 二年生具淸美以周旋 共十五人帶之 下午二時出發仁川
一時間半後 到上海浦東 少焉 之上海中心街 登東方明珠塔 環顧
展望臺及懸空觀光廊 夕食後 又向紹興 投宿秦望大酒店矣

癸巳六月二十三日子正 於五一五客室窓下

여름 방학을 맞아 2학년생 구청미가 주선하여 모두 15사람 (정원
요·김상지·구청미·김성진·이우원·오도경·송서혁·이연경·김예슬·
이재인·김채원·김수진·허강훈·김가영·손한빈)을 데리고 오후 2시
인천을 출발하여 한 시간 반 후에 상해 포동에 도착하였다. 얼마 후
상해 중심가로 가서 동방명주탑에 올라 전망대 및 현공관광랑을 둘
러보았다.

석식 후에 소흥으로 향하여 진망대주점에 투숙하였다.

계사년 6월 23일 자정 515실 객창 아래에서

直上兩珠形聳塔　두 구슬형 솟은 탑을 순식간 올라가서
踏璃停立自懸空　유리 밟고 서있으니 절로 공중에 걸렸어라
眼花脚下望千尺　아찔한 발아래 천 길을 내려보니
旋路車流龍蝨同　휘돌며 흐르는 차들 물방개와 같아라

再踏紹興 　소흥을 다시 가다

朝食後 尋蘭亭及王羲之古宅 今戒珠寺也 此地 三次訪問 每次
興感不一 又亦不禁興奮 盖所以仰慕書聖之甚也

六月二十四日 中食後 向杭州車窓邊

아침 식사 후 난정과 왕희지 고택 지금의 계주사를 찾았다. 이곳은
세 번째 방문인데 매번 흥감이 다르고 또 흥분을 금할 수 없다. 아마
도 서성을 앙모함이 심한 때문이리라

6월 24일 점심 후 항주로 가는 차창에서

紹興書聖曾遊處　소흥은 서성이 일찍이 놀던 곳
歸路行人自挽留　돌아가는 길손 절로 만류 한다
萬里神州行不遠　만리의 중국 멀다 않고 오는 것은
無他能感古風流　다름 아닌 옛 풍류를 느낄 수 있기에

遊觀宋城千古情　송성 천고정을 보고

六月二十四日薄暮　宋城歌舞演出觀覽後　向恒景大酒店

6월 24일 박모에 송성 가무쇼를 본 후 항경대주점으로 향하며

宋城歌舞演　송성 가무쇼
常客再三驚　늘 오는 사람도 재삼 놀란다
何啻嘆規貌　어찌 규모에만 감탄할 뿐이랴
生生千古情　천고의 정취 생생도 해서

西子湖游覽　서자호에서

自上午九時　觀光靑河坊街　買紙筆　經書店　又之西湖而泛舟橫
過　尋岳飛廟若西泠印社等矣

六月二十五日　向蘇州行車窓下

서호 유람

　오전 9시부터 청하방 거리를 관광하면서 종이와 붓을 사고 서점
을 지나 다시 서호로 가 배를 타고 가로 질러 악비묘와 서령인사를
찾았다.

6월 25일 소주행 차창 아래에서

人爲洪海者	사람이 너른 바다를 만든 것이냐
造物鑑開乎	조물자가 거울을 펼쳐놓은 것이냐
行旅塡堤岸	행려는 제방 격안을 메웠고
文禽飛畵圖	예쁜 새는 그림 사이를 난다
悠然望島塔	유연히 섬과 탑을 바라보다
自若執觴壺	자약이 잔과 술병 잡는다
一葦茫茫處	갈댓잎 작은 배 망망한 곳에서
何須煩想紆	굳이 번상에 얽매이랴

同門相逢 동문이 상봉하고

昨日亥時頃 杭州所留學鄭善珠申鉉京夫婦鄭賢禎梁支源等四人 備小
糊塗仙兩瓶若肴核 而來吾所投宿恒景國貿酒店 其二十人 會同於九0八
號客室 相談心中之話 夜闌之際 四人歸矣 翌朝 鉉京支源早來孔廟 再
會同而還顧 又向導吳山廣場淸河坊九如樓書店藝雲筆莊等地 臨正午 加
之兩鄭及浙江大林如博士 凡二十一人又會同於茶園 此卽其五人所以請
中食也 此事相互間畢生何可忘之哉

六月二十六日早晨 於蘇州南亞賓館九0九號

어제 저녁 9시 남짓 항주에 유학하는 정선주 신현경 부부 정현정
양지원 등 넷이 소호도선 두 병과 안주를 갖추어 우리가 투숙하고 있
는 항경국무주점에 와 20사람이 908호 객실에 모여서 서로 심중의
말을 나누다가 밤이 이슥하여 넷이 돌아갔다.

다음 날 아침 현경이와 지원이가 일찍이 공묘에 와 다시 회동하여
같이 둘러보고 또 오산광장 청하방 구여루서점 예운필장 등지를 안
내하였다.

정오에 임하여 두 정씨와 임여 박사를 더하여 21명이 또 다원에
회동하였다. 이곳은 곧 그 다섯이서 내는 점심이었다. 이 일을 상호
간에 필생 어찌 가히 잊을 것이겠는가!

6월 26일 조신 소주 남아빈관 909호에서

試問何爲高興多　어보세 어찌 그리 기쁘며
語之長也不眠何　할 말 길어 잠 못 자는 것은 왜인지
留連勸酒寸陰惜　눌러앉아 술 권하니 촌음도 아깝구나
醉裏相盟勿蹉跎　취중에도 허송말자 서로 맹세하느라

寒山寺有感 한산사 유감

江南旅行四日次 尋寒山寺也 愛誦楓橋夜泊已久 今始來也 何
不感慨哉 特以親打其銅鐘 淸雅鐘聲 恰似相連其夜半鐘聲到客船
之聲然 然同行者中 孰知其情矣

六月二十六日 於歸向上海車窓

　강남 여행 나흘 차에 한산사를 찾았다. '풍교야박'을 애송한지 이미
오래 오늘 처음 온 것이다. 어찌 감개하지 않으랴!
　특히 직접 동종을 쳐 보았는데 청아한 종소리다. 흡사 그 '야반종
성도객선'의 소리와 연결되는 듯하다. 그러나 동행자 가운데 누가 그
마음을 알까!

6월 26일 상해로 귀향하는 차창에서

愛誦三旬張繼絶　삼십년을 애송해온 장계의 절구
始尋古寺感懷縈　처음 한산사 찾으니 감회가 엉킨다
銅鐘幸打添餘韻　동종을 두드려 여운을 더 했으니
應是相連夜半聲　응당 옛 야반의 종소리와 이어졌겠지

江南發程 강남을 뒤로 하고

今次 文正會楷字班學生爲首 凡十五弟子帶之 所以漫游上海紹
興蘇州杭州一帶 今番壯遊 是乃敝科勉學風氣轉換之一環也 又所
以欲使相見今杭州所住四人先輩及前敝科訪問學者浙江大林如博
士 敎効其勉之不已耳 雖不過五日 意諸生有所感懷 又感知中國
之興若活力無盡矣 豈無所得也哉

癸巳六月二十七日 歸國後 於靑霞山房

이번 차에 문정회와 해자반 학생을 위주로 15 학생을 데리고 상해
소흥 소주 항주 일대를 만유한 것은 곧 우리과 면학 풍토 전환을 위
한 일환이었다. 또 지금 항주에 살고 있는 네 선배와 전 우리과 방문
학자 절강대 임여 박사를 만나도록 하고자 한 것은 그 힘씀을 그만
두지 않음을 본받게 하고자했을 뿐이다. 비록 닷새에 불과했지만 모
든 학생들이 느낀바가 있을 것이며 또 중국의 일어남과 그지없는 활
력을 감지했으리라고 생각한다. 어찌 소득이 없었겠는가!

계사년 6월 27일 귀국 후 청하산방에서

敝科實用久枉從　　우리 과가 실용을 오래 좇은 것
敢言得罪於書史　　서사에 죄 지은 거라 감히 말 하리
承啓傳統暗暗遮　　전통계승을 암암리 막고
且將名家輩出毁　　장차 명가배출을 훼방한 것
孰道政策無奈何　　정책 하에서 어쩔 수 없다고 누가 말했는가
寧其勢屈守本旨　　차라리 세에 굽히느니 본지나 지킬 것을
愛之重之吾諸生　　애지중지 우리 학생들
須重學文慕賢士　　글 배움 중히 하고 현사를 흠모하세
今爲復初向求心　　이제 초심으로 돌아가 구심을 향하여
勉學風氣刷新企　　면학풍기 쇄신을 꾀하고
無時用力日孜孜　　때 없이 공부 열심히 하게나
有志竟成懷胸裏　　뜻이 있으면 이룬다는 것을 가슴에 품고

所願 소원

昨日 朴大統領訪中 增進友誼 又相約將設韓中人文交流共同委
員會 何非喜迅也 將次 有以進展於漢字敎育及書界動靜 其善變
兆朕 可測可量也

癸巳六月二十八日

　어제 박대통령이 방중하여 우의를 증진하고 또 앞으로 한중인문교
류공동위원회를 설치하기로 서로 약속하였다.
　어찌 기쁜 소식이 아니랴! 장차 한자교육 및 서예계 동정에 진전이
있으리니 그 변화의 조짐을 가히 헤아리겠다.

계사년 6월 28일

韓中相約重人文	한중이 인문을 중히 하기로 약속했으니
聊得將聞漢學芬	애오라지 장차 한학의 향기 맡으려나
趁此一心祈所願	이에 일심으로 소원을 비나니
銀鉤爲鶴立鷄群	서예가 우뚝 일어나기를

後 記

두 해 만에 다시 일곱 번째 시집을 내게 되었다.

또 하나의 부끄러움을 더할 뿐이다.

늘 내 글공부에 指針이 되어주시는 江宇 朴교수 浣植선생께 오늘도 그지없는 감사의 마음을 올린다.

아울러 입력과 교정에 애쓴 以正 崔惠順 박사와 平川 李月善 여사, 그리고 출판을 허락해 준 서예문인화의 이홍연 사장께 고마움을 전한다.

다시 다음을 기약하며 '苦海無邊 回頭是岸'이란 禪句를 다시금 마음에 새겨본다.

끝으로 이 책의 上宰는 원광대학교 연구지원과 후원의 일환임을 밝혀둔다.

2015년 7월에 朗思 쓴다.

倦 飛 知 還

- 초심의 고향으로 -

發行日 2015년 7월 15일

著 者 마하 선 주 선
서울특별시 종로구 평창동 562-25
010-5308-7274

發行處 이화문화출판사
서울시 종로구 사직로 10길 17(내자동 인왕빌딩)
02-738-9880 (대표전화)
02-732-7091~3 (구입문의)
02-725-5153 (팩스)
www.makebook.net

ISBN 979-11-5547-180-7 03810

값 9,000원